Fehnland-Verlag

Engelmann, Edit: Griechische Einladung. Erzählungen, Geheimnisse und Rezepte. Hamburg, Fehnland Verlag 2021

1. überarbeitete Neuauflage
ISBN: 978-3-96971-157-6

Dieses Buch ist auch als eBook erhältlich und kann über den Handel oder den Verlag
bezogen werden.
ePub-eBook: ISBN 978-3-942223-41-6

Lektorat: Brigitte Münch
Umschlaggestaltung: Lea Oussalah
Coverbild: Martios Sigma: ›Sommertisch‹

Bibliografische Information der Deutschen Nationalbibliothek: Die Deutsche Nationalbibliothek verzeichnet diese Publikation in der Deutschen Nationalbibliografie; detail-
lierte bibliografische Daten sind im Internet über https://dnb.d-nb.de abrufbar.

Der Fehnland Verlag ist ein Imprint der Bedey & Thoms Media GmbH,
Hermannstal 119k, 22119 Hamburg.

Edit Engelmann (Hrsg.)

Griechische Einladung

Erzählungen, Geheimnisse und Rezepte

INHALT

VORWORT

»Also spricht man am Feuer zur Zeit des stürmischen Winters
hingestreckt auf behaglichem Lager, vom Mahle gesättigt,
schlürfend den süßen Wein und knabbernd an Kichererbsen:
Sag, lieber Gast, deinen Namen, deine Heimat,
die Zahl deiner Jahre und wie viel du zähltest zur Zeit,
als der Meder hereinbrach.«

Xenophanes von Kolophon

Darf ich Sie zu einem Symposion einladen?
Nein, keine Angst. Nicht zu einem wissenschaftlichen Kongress mit trockenen Vorträgen und noch langweiligeren Analysen.

Vielmehr zu einem Symposion wie sie in der griechischen Antike an der Tagesordnung waren. Damals hatten diese Veranstaltungen mit den modernen der heutigen Zeit nur eins gemeinsam: man versammelte sich.

Seinerzeit allerdings für die Gemütlichkeit, das Beisammensein, das Austauschen von Neuigkeiten. Zum Reden, Diskutieren und Philosophieren. Sagen wir es einmal so: ein Symposion war so etwas wie das »Social Net« der Antike.

Symposien fanden innerhalb der Familie statt, des Freundeskreises, aber es war auch durchaus üblich, Reisende und Fremde mit einzubeziehen. Gewöhnlich veranstaltete man bei deren Ankunft und Abreise ein solches Symposion, während sie sich für die Dauer ihres Aufenthaltes selbst verpflegten.

Zum gemütlichen Zusammensein gehörte gutes Essen und Trinken. Und auch dafür war bei einem Symposion gesorgt. Es fand alles in der Tat genauso statt, wie wir es von Abbildungen auf antiken Vasen kennen. Man saß auf Stühlen und Hockern mit gewundenen Füßen und streckte sich auf Liegen, während man die griechische Küche und den griechischen Wein genoss.

»Griechische Einladung« ist unsere Einladung an Sie zu einem solchen Symposion.

Viele unserer Bücher erzählen Geschichten aus und von Griechenland. Aus ihren Lieblingsbüchern haben Leser die Geschichten und Rezepte ausgewählt, die ihnen besonders gefallen haben.

Im Rahmen dieser Anthologie möchten wir sie Ihnen vorstellen. Kommen Sie zu uns als Freund, als Reisender oder als Fremder, verweilen Sie einen Moment, nehmen Sie teil an unseren Geschichten und genießen Sie, was wir Ihnen als griechische Spezialitäten servieren.

Herzlich Willkommen zur der »Griechische Einladung« 2013.

Edit Engelmann, Januar 2013

Monika Schmidt

JÁMAS – ZUM WOHL

»Hast du an den Wein gedacht, Schatz?«
Mein Mann Achilleas steht in der Küche und brutzelt etwas in der Pfanne. Dazu gibt es seine Soße »Marke Eigenbau«, die selbst den besten Koch vor Neid erblassen lässt. Was er gerade an Essbarem in der Küche findet, wandert in den Kochtopf; und so schafft er es selbst nicht, die gleiche Soße zweimal herzustellen. Ich bewundere ihn um seine Fantasie. Ich sollte ihn doch mal fragen, ob er das Kochen nicht ehrenamtlich übernehmen will.

»Hab ich!«, rufe ich zurück. »Und ich habe auch noch Mineralwasser eingekauft«, füge ich hinzu. Von Achilleas habe ich gelernt, den Wein verdünnt mit Mineralwasser zu trinken, wie es schon die alten Griechen vor 2 500 Jahren machten und dabei philosophierten.

Heute Abend werden wir nicht zum Philosophieren kommen, denn heute ist mein Geburtstag. Und nun steht einem trauten Abend zu zweit nichts mehr im Wege.

Wir setzen uns an den Tisch auf unserer Terrasse. Die Kerzen flackern leicht im Wind. Über uns leuchtet der wundervolle Sternenhimmel, der mich schon bei meinem ersten Griechenlandurlaub so fasziniert hat. Nach vorne breitet sich das Meer aus, das der Mond genau im richtigen Winkel beleuchtet, sodass es den Strahl nach oben wieder abgibt – was wunderschön aussieht – und das Meer wie einen goldenen Teppich wirken lässt. In der Ferne am Horizont blinken die Lichter einiger Schiffe, die vorbeifahren ...

»Éla Koula, stin ijá mas« – Komm Koula, auf unser Wohl, sagt Achilleas und hebt sein Glas in die warme nächtliche Luft.

Koula, nur er nennt mich so. Von der Verniedlichung des Namens Monika in »Monikoula« bleibt dann einfach »Koula« übrig, und so ist aus mir eine der tausend Griechinnen geworden, die sich angesprochen fühlen, sobald jemand Koula, Noula, Roula, Soula, Toula oder Foula ruft.

»Jámas«, erwidere ich auf seinen zärtlichen Blick. Aus diesen blauen Augen hatte ich schon immer Mut und Kraft schöpfen können. Unsere Weingläser ertönen beim Anstoßen zu einem angenehmen Klang, der Klang des Lebens, die ägäische Brise, die Liebesworte seiner Lippen, die köstliche Soße auf meiner Zunge, unsere Zukunftspläne ...

Meine Gedanken schweifen immer wieder zurück in die Vergangenheit, dort, wo ich die Welt mit den sorglosen Augen meiner deutschen Kindheit und Jugend betrachtete, damals, als ich nur Monika hieß und ohne zusätzlichen Kosenamen auskam, bevor so vieles und Unerwartetes auf mich einströmte, als Griechenland nur ein gezeichnetes Land in meinen Träumen war.

Damals ... bevor ich Koula wurde ...

Zutaten:

200 g Hühnerbrustfilet, in kleine Würfel geschnitten, 1 Tasse grüne Paprika, in kleine Würfel geschnitten, 1 Tasse Frühlingszwiebeln, in Ringe geschnitten, 5 in Scheiben geschnittene Knoblauchzehen, Salz, frischgemahlener Pfeffer, 1 TL Oregano, 1 TL Thymian, 5 EL Olivenöl, 2 EL Zitronensaft, ½ Tasse gehackte glatte Petersilie, ½ Tasse gehackter Koriandergrün,1 Gläschen Ouzo oder Tsipouro

Zubereitung:

In einer großen Pfanne wird das Olivenöl erhitzt und die Hühnerbrustwürfel darin von allen Seiten goldgelb angebraten. Paprika, Knoblauch, Frühlingszwiebeln, Salz, Pfeffer, Oregano und Thymian hinzufügen und am Ende mitbraten. Mit Ouzo oder Tsipouro ablöschen, umrühren und die Pfanne mit einem Deckel bedecken. Die Kochplatte ausschalten und auf der Kochstelle köcheln lassen. Kurz vor dem Servieren Zitronensaft, Koriandergrün und Petersilie in das Kurzgebratene hinzugeben, gut umrühren und die Pfanne in die Mitte des Tisches setzen.

Tipp:
Diese Tiganiá passt hervorragend zu einem Mesé-Abend, reichen Sie dazu Tomaten-Gurken-Salat, Feta und frisches Bauernbrot. Vergessen Sie nicht Ouzo oder Tsipouro dazu zu trinken.
Jámas!

Caritas Führer

BÁMIES - OKRASCHOTEN

D as Außergewöhnlichste, das mir begegnet ist, ist unsere Nachbarin
Marika. Sie wohnt im Nebenhaus, zusammen mit ihrem Mann. Ein
grauer Igelschnitt verleiht ihrem Gesicht ein munteres Aussehen. Ihr
Balkon liegt ein Stockwerk höher als unserer, was Marika in die Lage ver-
setzt, sich gegenüber unserer Küchentür ans Geländer zu stellen, von
oben laut nach mir zu rufen und mir auf Griechisch ihre Mitteilungen zu
machen, von denen ich nichts verstehe. Anfangs dauerte es eine Weile,
bis ich begriff, dass ihre lauten Rufe, deren Sinn ich nicht erfasste, mich
meinten. Gleich in der zweiten Woche hatte sie sich offenbar vorgenom-
men, mir unbedingt den Bazar zu zeigen. Tag und Ort ließ sie mir ausrichten, die Uhrzeit malte sie in die Luft. Pünktlich stand ich am Auto
und wurde von Marikas Mann durch die Altstadt kutschiert, bis zu einer
Straße, in deren Kurve wir in der dritten Reihe parkten. Forsch bedeutete
mir Marika, mich ihnen anzuschließen, und so lief ich hinter ihr her, von
Stand zu Stand. Wollte ich haltmachen, um Gurken und Auberginen zu
kaufen, schüttelte sie unwillig den Kopf und zog mich am Ärmel weiter.
Ab und zu blieb sie an einem der Tische stehen und bedeutete mir, dass
ich hier und jetzt kaufen sollte, so, wie sie es mir vormachte. Das brachte
mich in einige Verlegenheit. Zwar war ich ebenfalls an Tomaten und Pap-
rikaschoten interessiert, auch wenn mir die Früchte am Stand davor besser gefallen hätten, aber Maiskolben und ganze Melonen mitzunehmen
weigerte ich mich entschieden, da ich keine Lust hatte, mich eine Woche
lang von ihnen zu ernähren. Vergeblich und hartnäckig redete Marika auf
mich ein, und es schien ihr viel daran zu liegen, dass ich meinen Beutel
wenigstens mit Maiskolben füllen ließ. Marika dagegen und ihr Ehemann
schleppten schon nach kurzer Zeit Unmengen von prall gefüllten Plastik-

tüten mit Mais, Pflaumen, Pfirsichen, Tomaten, Gurken und Auberginen, Melone und Oliven, während ich mir jeweils genau bedachte Portionen für zwei Leute abwiegen ließ. Bei den Pfirsichen allerdings gelang es mir nicht, zwei wundervolle große Exemplare zu erwerben, denn als ich auf die Frage des Verkäufers nach der Menge zwei Finger in die Höhe reckte, begann er, zu Marikas Vergnügen, zwei Kilo in die Tüte zu sortieren. Gebäck zu erwerben erlaubte sie mir keinesfalls und flüsterte mit verschwörerischer Miene und missliebigen Seitenblicken zum Bäckerstand hin mir Unverständliches ins Ohr.

Ab und zu traf sie Bekannte und teilte ihnen mit, dass ich »Jermanída« sei, also Deutsche. Als ich ihr auf die Schulter tippte und deutlich machte, dass ich noch gerne Fisch kaufen möchte, schüttelte sie den Kopf und trabte, schwerer beladen als ihr Mann und ohne den Blick nach mir zu wenden, davon, bis ich begriff, dass sie erst einmal alles ins Auto zu packen gedachte.

Alsdann kehrte sie mit mir zurück und begutachtete wohlwollend meinen Fischkauf. Ich hatte mit Pangasius offenbar eine in Marikas Augen gute Wahl getroffen, die aber lediglich meinem Unvermögen entsprang, irgendeinen der anderen Fische und deren Zubereitung zu kennen.

Und dann fiel mein Blick auf etwas, das ich erst ein Mal in meinem Leben gesehen und mit großem Appetit genossen hatte, auf der Insel Kalangala im Victoriasee. Und genau das wollte ich haben. Mit verwundertem Blick registrierte Marika, dass ich offensichtlich vorhatte, Okraschoten zu kaufen. Sie sprach mit ihrem Mann, der bedenklich mit dem Kopf wackelte und mir mit besorgter Miene etwas mitzuteilen versuchte. Aufgeregt sprach Marika eine Frau an und ließ mir übersetzen, sie käme gleich morgen zu mir, in meine Küche, um mir zu zeigen, wie man Bámies kocht. »Bámies, Bámies«, sagte sie immer wieder. Denn das könnte ich unmöglich allein, Bámies kochen, das sei gefährlich. Das ginge nur mit ihrer Hilfe!

Als ich vor unserem Haus aus dem Auto stieg, zeigte Marika noch einmal auf die grünbraunen Okraschoten und bedeutete mir, dass morgen der große Tag sei, an dem sie mit ihrer Hilfe in den Topf kämen.

Ich muss gestehen, dass mich die Aussicht, mit Marika zusammen die Okraschoten zuzubereiten, in leichte Panik versetzte. Denn auch wenn sich durchaus ein freundliches nachbarschaftliches Band zwischen uns geknüpft hatte, waren wir uns doch noch nicht so vertraut, dass mir der Gedanke an eine gemeinschaftliche Kochaktion mit ihr schon selbstverständlich gewesen wäre.

Umgehend besorgte ich mir ein Rezept und ließ ihr ausrichten, dass ich längst wüsste, wie man Bámies kocht und dass ich allein zurechtkäme. »Efcharistó! – Danke!« Marika in meiner halbfertig eingerichteten Küche, mit einer alten elektrischen Kochplatte und einem bindfadendünnen Strahl aus dem Wasserhahn, undenkbar! Ich würde die Bámies allein kochen! Zuerst schälte ich die Fruchtstände vorsichtig Richtung Stiel und hütete mich, sie abzutrennen, denn dann würde unweigerlich eine schleimige Soße herauslaufen und das Essen verderben. Genau davor hatte mich Marika wahrscheinlich bewahren wollen. Nachdem ich dieser Gefahr nicht erlegen war, wusch ich die Schoten, besprenkelte sie mit Essig und stellte sie zwei Stunden in die Sonne, nicht ohne sie alle zehn Minuten behutsam zu rütteln. Dann ließ ich Olivenöl in der Pfanne heiß werden und röstete Lauchzwiebeln und Knoblauch, raspelte Fleischtomaten auf dem Reibeisen und gab zuletzt die Okraschoten hinein. Ich ließ sie schmurgeln, bis sie weich und dunkel waren. Sie waren köstlich.

»Mein Magen lernt Griechisch«, zitierte mein Mann am Mittagstisch. He, Marika, ich habe Bámies gekocht, und das nach zwei Wochen Griechenland! Bravo!

Aus so ganz alltäglichen, ja banalen Sachen fügt sich derzeit mein Alltag zusammen. Kürzlich fiel mir vor Schreck fast die Gabel aus der Hand, als Marika geräuschlos wie ein Geist gegenüber der Küchentür auf ihrem Balkon auftauchte und so laut und lange rief, bis ich hinauskam. Sie warf mir ein Päckchen übers Geländer, in dem sich zwei gegarte heiße Maiskolben befanden. Mitunter legt sie mir auch scharfe Peperoni aus ihrem Garten unter den Zaun, bindet Blumen ans Gitter oder legt eine Dose mit Auberginensalat aufs Mäuerchen. Sie redet grundsätzlich lautstark und unbekümmert griechisch mit mir. Offenbar nimmt sie an, dass ich mich nur verstelle, denn Griechisch kann doch jeder hier! Und irgendwie begreife ich ja meistens doch, um was es geht. Also ...!

›OKRASCHOTEN‹

Zutaten:

500 g Okraschoten, ¼ Liter Essig, 2 Tassen kleingeschnittene Zwiebeln, 1 Tasse kleingeschnittene Frühlingszwiebeln, 3 gehackte Knoblauchzehen, 500 g geriebene Tomaten, 1 Tasse Olivenöl, Salz, frisch gemahlener schwarzer Pfeffer, 2 Lorbeerblätter, 1 Tasse gehackte glatte Petersilie, ½ Tasse gehackte Minze, ½ Tasse gehacktes Koriandergrün, 1 Tasse Retsina-Wein.

Zubereitung:

Vorsichtig die Stiele der Okraschoten schneiden und dabei darauf achten, dass die Schoten selbst nicht verletzt werden, da sonst ein zähflüssiger Saft austreten wird. Das Gemüse waschen, in eine Schüssel geben, mit Essig und kaltem Wasser bedecken und ca. 1 Stunde ziehen lassen. Dieser Vorgang ist wichtig, damit die Bitterstoffe der Okraschoten durch das Essigwasser herausgezogen werden. Dann das Gemüse in ein Sieb geben, mit kaltem Wasser abbrausen und abtropfen lassen.
Olivenöl in einem Topf erhitzen, Zwiebeln anbraten, Frühlingszwiebel und Knoblauch mitschwenken und alles mit dem Retsina-Wein ablöschen. Tomaten, Salz, Pfeffer und Lorbeerblätter hinzufügen und einmal gut aufkochen lassen. Die Okraschoten vorsichtig in die Tomaten-Flüssigkeit geben, eventuell etwas heißes Wasser zufügen bis das Gemüse

bedeckt ist. Dabei den Topf so drehen, dass überall Flüssigkeit ist. Auf keinen Fall mit einer Gabel oder Löffel während des Kochvorgangs umrühren, denn es besteht die Gefahr, dass die Okraschoten ›verletzt‹ werden und ihre Flüssigkeit in das Essen abgeben. Bei mittlerer Hitze für ca. 20 Min. aufkochen, bis sie weich sind. Dabei gelegentlich den Topf etwas schwenken. Am Ende der Kochzeit den Topf von der Feuerstelle nehmen und Petersilie, Minze und Koriander hinzufügen. Den Topf dabei so schwenken und bewegen, dass die Flüssigkeit die Kräuter bedecken kann. Das Essen einige Minuten ziehen und ruhen lassen.

Tipp:

Das lauwarme Gemüse vorsichtig auf die Teller geben, dazu reichlich Tomaten-Flüssigkeit geben und mit frischem Pfeffer würzen.
Reichen Sie Weißbrot, Feta und ein Glas Retsina dazu und lassen Sie sich von seinem Geschmack verwöhnen.

Brigitte Münch

EIN BISSCHEN »ODYSSIEREN«

Alex schulterte seinen Rucksack. Vom Deck des Hecks aus verfolgte er das Wendemanöver der Fähre und ihr langsames Rückwärtssteuern zur Anlegestelle. Von dort schauten bereits die Hafenarbeiter herauf, damit man ihnen die Taue zum Festmachen an den Pollern zuwarf.

Der Ort hinter dem Hafen strahlte weiß unter dem wolkenlosen Himmel und bewachte die alte Burg, die sich aus seiner Mitte heraus über ihn erhob. Zwischen den Häusern leuchteten grüne und violette Farbtupfer von Palmen, vereinzelten Bäumen und Bougainvilleas. Das erste Bild ... dachte Alex, daran kann sich nichts geändert haben, es muss vor sechsundzwanzig Jahren genau dasselbe gewesen sein, als die Mama hier ankam. Zum ersten Mal, als junge, sorglose Touristin, die hier nichts als drei Wochen Ferien an Meer und Sonne machen wollte – ohne die geringste Ahnung, dass hier ein Schicksal auf sie wartete und schon seine Fäden spann ...

Ein kurzer Schauer rieselte ihm durch die Glieder. Er wandte sich um und ging die Treppe hinunter, die zum Ausgang führte. Die Fähre lag jetzt festgezurrt, und die Heckklappe war herabgelassen. Alex ließ sich vom Strom der Passagiere, der sich auf die Mole ergoss, mittreiben ... bis zum hinter ihr liegenden Platz, wo er sich in mehrere Nebenflüsse und Rinnsale aufteilte und nach und nach in verschiedenen Richtungen versickerte.

Dort blieb Alex stehen und sah sich um. Ein Platz mit einer windschiefen Kapelle und einem Springbrunnen davor, von Palmen und Mimosen beschattet, an der Rückfront zwei Cafés und ein Reisebüro. Drei enge Gassen und eine Straße führten von ihm weg, und an seinem rechten Ende nahm die Hafenpromenade ihren Anfang. Nichts weckte auch nur die entfernteste Erinnerung in ihm. Er wandte seinen Blick wieder zum

Meer und sah zu, wie die Fähre ablegte und ihren Weg fortsetzte. Er stand noch eine Weile unschlüssig. Nein, eine Erinnerung wollte sich nicht einstellen, dennoch empfand er einige Erregung. Auf dieser Insel war er vor fünfundzwanzig Jahren geboren worden, und hier hatte er seine ersten drei Kindheitsjahre verbracht! Danach war er, bis zum heutigen Tag, nicht mehr hier gewesen. Er zögerte noch ein paar Minuten und nahm dann den Weg nach rechts zur Hafenpromenade.

Cafés, Tavernen und Ouzerien wechselten sich hier ab, dazwischen Läden mit buntem Touristenkram. Vor den Ouzerien waren Tintenfische zum Trocknen aufgehängt, und aus einer von ihnen zog gerade ein verführerischer Duft von gegrilltem Fisch nach draußen, als Alex daran vorbeiging. Er blieb stehen, kehrte um und steuerte entschlossen auf einen der kleinen Marmortische zu, die vor dem Eingang auf Gäste warteten. Er stellte seinen Rucksack neben dem Stuhl ab und nahm Platz.

Von hier hatte er einen schönen Blick aufs Meer und den sich anbahnenden Sonnenuntergang. Die Ouzerie machte einen alteingesessenen Eindruck. Ob es die damals auch schon gegeben hat, fragte er sich.

Der Kellner sprach Alex auf Griechisch an – aber er musste lächelnd passen.

»Entschuldige«, sagte der Kellner, jetzt auf Englisch, »aber ich habe dich für einen der Unsern gehalten!«

»Das stimmt auch beinahe, zur Hälfte ...«, erklärte Alex. »Ich habe ... hatte einen griechischen Vater.«

»Siehst du?!« Der Kellner lachte triumphierend und ließ seine Finger dazu schnippen. »Da hab ich mich doch nicht ganz getäuscht!« Er reichte ihm die Karte.

Alex warf einen kurzen Blick darauf und bestellte Salat und den gegrillten Fisch, dessen Duft ihn angelockt hatte, und eine Karaffe Wein dazu. Dann streckte er die Beine unter den Tisch, verschränkte die Arme und ließ den Blick übers Meer bis hinüber zu den Ausläufern der Nachbarinsel wandern, über die der rote Feuerball der Sonne gerade sein Blut ausgoss. Er dachte an seine Mutter – immer wieder hatte sie mit Sehnsucht von den Sonnenuntergängen gesprochen ... Er wünschte, sie säße jetzt neben ihm. Aber sie war nicht dazu zu bewegen, noch einmal hierherzukommen. Auch nach den langen zweiundzwanzig Jahren, die seit dem Unheil vergangen waren, hätte sie ein Wiedersehen mit dem Ort, an dem sie so glücklich gewesen war, nicht ertragen können.

Alex' Entschluss, seinen Geburtsort zu besuchen, hatte sie mit gemischten Gefühlen aufgenommen, unbestimmbare Ängste beschlichen sie bei dem Gedanken. Aber letztlich hatte sie die Idee doch gutgeheißen. Für ihn selbst war der Zeitpunkt ideal: Er hatte sein Studium abgeschlossen, das frische Diplom in der Tasche, hatte sich mit verschiedenen Jobs etwas Geld gespart und wollte nun einen bis zwei Monate ein bisschen »odyssieren«, wie er es nannte. Ganz allein, ohne die Freundin – und der Ort seiner Geburt und frühen Kindheit war sein allererstes Ziel.

Er wollte wissen, woher die andere Hälfte seiner Person stammte, auch wenn er den Vater, an den er keine Erinnerung mehr hatte, nicht kennenlernen konnte. Aber seine Welt wollte er wenigstens sehen, Bilder von ihr in sich aufnehmen und herausfinden, ob sie irgendeine unterschwellige vertraute Saite in ihm zum Klingen bringen.

Der Kellner stellte eine Schüssel Salat und eine gläserne Karaffe mit bernsteinfarbenem Wein vor ihn hin und reichte gleich darauf einen Korb mit Brot nach.

»Der Fisch ist gleich fertig!«, ließ er Alex wissen.

»Sag, wie weit ist es von hier zum Agios-Nikolaos-Strand?«, fragte Alex ihn, bevor er sich wieder vom Tisch entfernte.

»Mit dem Bus ungefähr fünfundzwanzig Minuten mit allen Stopps. Zu Fuß eine knappe Stunde. Suchst du vielleicht ein Zimmer?«, fragte er mit Blick auf Alex' Rucksack. »Wenn du hier im Ort bleibst, könnte ich dir ein paar Tipps geben.«

»Ich glaube, ich werde später lieber noch rausfahren. Ich hab einen Schlafsack dabei und könnte mir vorstellen, am Strand zu übernachten.«

Der Kellner schaute zum Himmel hinauf und breitete die Arme aus.

»Schööön! Unter dem Sternenzelt …!«

Dann ging er wieder hinein und klatschte zum Rhythmus der Musik, die sich tapfer aus einem betagten, verstaubten Lautsprecher an der Wand zwängte, als wolle er sie wach halten oder zu größerem Temperament anspornen.

Alex trank einen Schluck Wein und sah zu, wie der glutrote Feuerball der Sonne neben den Ausläufern der Nachbarinsel ins Meer eintauchte und versank. Das Abendlicht hielt für eine Weile den Atem an und schwankte ... schließlich ergab es sich in sein Schicksal und wich Schritt für Schritt vor der unaufhaltsam herannahenden Nacht zurück, bis es irgendwann weit entfernt im Westen verglühte. Über dem Ort hatte inzwischen der Abendstern sein Licht angezündet.

»Guten Appetit!« Der Kellner stellte den fertig gegrillten Fisch vor Alex hin.

Während des Essens beobachtete Alex das dichter werdende Gewimmel der Touristen und Einheimischen, die entweder müßig die Promenade entlangbummelten oder nach und nach die Tische der Tavernen und Ouzerien in Beschlag nahmen. Auch hier füllte es sich allmählich. Die Abendbeleuchtung war eingeschaltet, ein zweiter Kellner tauchte auf, und es wurde lauter. Alex war nicht sicher, ob es ihm hier gefiel ... zu viele Touristen für seinen Geschmack ... sie schienen, zumindest im Moment noch, in der Überzahl zu sein. Außerdem, dachte er, ist das hier eher eine Art Meile für Pärchen, Cliquen und Familien, aber nichts für einen Alleinreisenden wie ihn, der eigentlich etwas anderes sucht als Zerstreuung für den Abend. Wäre er mit seiner Freundin hier, würden sie vermutlich auch Hand in Hand auf- und abschlendern, lange irgendwo sitzen und essen und sich anschließend in irgendeiner Bar oder Disco ins Nachtleben stürzen. Danach stand ihm jedoch jetzt nicht der Sinn.

Der Fisch aber war köstlich, der Duft hatte ihn nicht getäuscht, und auch der Wein war gut. Jetzt könnte er noch ein Glas davon trinken und dann bald aufbrechen – es zog ihn zu dem Ort, an dem seine Mutter vor fast sechsundzwanzig Jahren seinen Vater kennen- und liebengelernt hatte. Und an dem er die ersten drei Jahre seines Lebens verbracht hatte.

Zutaten:

4 Doraden

Für die Marinade:
1 TL Salz, 1 TL Pfefferkörner, 1 Knoblauchzehe, 2 EL Zitronensaft, 2 EL Olivenöl, 4 Rosmarinzweige. Alles bis auf die Rosmarinzweige zusammen in einen Mixer geben und zu einer dickflüssigen Paste verarbeiten.

Für die Olivenöl-Zitronen-Sauce:
Salz, frischgemahlener schwarzer Pfeffer, ½ Tasse Zitronensaft, 1 Tasse Olivenöl, 1 TL Senf, 1 EL gehackte glatte Petersilie. Alles zusammen in ein Glas/Gefäß geben, Deckel zuschrauben und sehr fest schütteln, bis alle Zutaten gut gemischt sind. Die kalte Zitronensauce in eine dekorative Sauciere füllen.

Zubereitung:

Die ausgenommenen Fische von innen und außen waschen, und trocken tupfen. Die Innenseite der Fische (Bauchtaschen) mit der Marinadenpaste einreiben und je einen Rosmarinzweig hinein legen. Die Fische nun von außen mit der Paste einpinseln und zum Marinieren kaltstellen. In der Zwischenzeit den Grill vorbereiten. Fische in eine Grillzange legen und bei mittlerer Hitze von beiden Seiten je ca. 7 Minuten grillen.
Reichen Sie die gegrillten Fische auf angewärmten Tellern. Vor dem Servieren wird ein wenig von der Zitronensauce auf dem Fisch verteilt. Dazu passen Salat und frisches Brot.

 ›SALAT Nr. 5‹

Zutaten:

2 grobgeschnittene Tomaten, 1 kleine Salatgurke in Scheiben, 1 Paprika in Würfel, ½ Tasse gemischte Oliven, 2 EL Kapern, 1 Tasse glatte Petersilienblätter, 1 Tasse Minze-Blätter, 1 Tasse Korianderblätter, 1 Tasse Sauerampferblätter, 1 Tasse Rote-Bete-Blätter, 1 Tasse Zitronenmelisseblätter, 1 Tasse Rucolablätter, 1 Tasse gehobelten Fenchel, 1 Salatzwiebel in Ringen, 1 Tasse kleingeschnittene Frühlingszwiebeln.

Für die Vinaigrette:
½ Tasse Olivenöl, 5 EL Zitronensaft, Salz, frischgemahlener schwarzer Pfeffer, 2 EL Weißwein.

Zubereitung:

Olivenöl, Zitronensaft, Salz, Pfeffer und Weißwein zu einer Vinaigrette anrühren.
Salat- und Gewürzblätter unter fließendem Wasser waschen, trockenschleudern und in eine große Schüssel geben. Tomaten, Gurke, Paprika, Oliven und Kapern dazu fügen, die Vinaigrette unterheben, den Salat mischen und servieren.

Tipp:

Fügen Sie ca. 200 g zerbröckelten Feta dazu. Der Salat passt auch hervorragend zu gegrilltem hellem Fleisch.

Edit Engelmann

ARTI-SCHOCK

Es muss das erste Osterfest gewesen sein, das wir in Griechenland verbrachten. Und für den Karfreitag, an dem traditionell auch die Gräber der Angehörigen besucht werden, hatte sich Besuch angekündigt. Jenny, die Witwe von Boss' bestem Freund wollte zusammen mit ihren Kindern eben auf die Schnelle hereinschauen. Mit den hiesigen Gebräuchen völlig unvertraut, fragte ich dann höflich nach, ob man auch etwas zu essen vorbereiten müsse. Die Antwort war ein griechiches »Vielleicht«. Auch daran sollte ich mich noch gewöhnen müssen: Alle griechischen Antworten bleiben auch nach intensivster Nachfrage noch ausgesprochen individuell interpretierbar – »borí« – kann sein, »íssos« – vielleicht.

Nun, »vielleicht« gab es im Laden nicht zu kaufen. Mit den Fastenregeln kannte ich mich auch nicht aus und wusste nur, dass unser Herr des Hauses in der heiligen Woche kein Fleisch isst. Also haben wir mal eine Runde verschiedener Salate mitgenommen. Und Brot. Wird schon irgendwie werden. Vielleicht. Borí. Issos.

Vassilis hatte uns einen Tag zuvor eine Tüte voll wilder Artischocken gegeben. Die Dinger wachsen draußen im Garten, ich hatte sie gesehen. Aber ich hätte nie die Vermutung gehegt, dass man diese Dinger essen könnte – mit all den Stacheln. Jedes einzelne Blatt hatte seinen eigenen eklig scharfen kleinen Stachel.

Der Herr des Hauses stieß bei der Übergabe der Tüte ein freudiges »Mmmh!« aus, was wohl die Erwartung auf ein gutes Essen ausdrücken sollte. – Und was macht man mit den Dingern? Bei uns im Norden wird so was in den Blumenstrauß gebunden.

Bis dato hatte ich wohl schon mal Artischocken gegessen. Aber das waren die großen, die man im Norden für einen unglaublich teuren Betrag pro Stück kaufen kann. Da wurden sie gekocht und die Blätter hat man dann nach Eintunken in einen Dip ausgezuzelt. Was weiß ich, was die hier mit dem Zeug machen. Also, dachte ich weise, werde ich das Zeug auch mal kochen. Kann ja nicht falsch sein.

Erst mal die Stacheln abschneiden. Das war schon eine Arbeit für sich. Die Biester waren klein und rollten davon und bei jedem Rollen haben sie mich irgendwie mit irgendeinem ihrer Stachel doch in den Finger gestochen. Wie sich so etwas jemals als Essen hatte durchsetzen können, war mir schleierhaft. Nach beinahe zwei Stunden hatte ich endlich alle Stacheln von den 12–15 Artischocken entfernt. Was für eine Arbeit. Dann habe ich den ganzen Kram, so wie er war, in einen Topf geschmissen und erst einmal weich gekocht. Ob man das so mache, fragte mich der Chef. »Naja, ich weiß nicht. Denke schon.«

Der Besuch kam dann auch – und erfüllte meine ärgste Befürchtung: rechtzeitig zum Mittagstisch. Kein Problem, ich hatte ja Artischocken. Und noch das Chorta von gestern. Und Salat dazu. Und Karfreitag ist sowieso der strengste Fastentag. Das muss schon reichen. Der Sohn vom Chef war auch zu Besuch und holte schnell im Mini-Markt gegenüber noch ein paar Flaschen Getränke und ein bisschen Brot. Auf meine Frage, ob das so gut sei und wie es der Grieche denn essen würde, kam die knappe Antwort, ich solle »einfach ein wenig Öl drüber kippen«, es seien alles Griechen. Das passe dann schon. Na prima. Vom Chef selbst erhielt ich noch die Anweisung, dass kein Öl über das Essen zu geben sei, da viele Menschen den Karfreitag auch ölfrei begehen. Noch besser – was denn nun?

Ach weißte, dann eben nur den Salat in eine Schüssel. Alles auf den Tisch. Öl extra dazu. Fetakäse dazu. Ein paar Oliven, Brot und Wasser. Und den Rest soll jeder selber machen. Fasten oder nicht oder halb oder doch: Zu Tisch!

Das mit dem Salat und dem Chorta war ja in Ordnung. Mit den Artischocken schienen sie allerdings einige Schwierigkeiten zu haben. Mit ausdruckslosen Gesichtern, an denen nun wirklich nicht zu erkennen war, was die Einzelnen dachten, wurden die Artischocken halbiert, die Blätter zur Seite gekratzt, die Innereien von dem Ding herausgeholt und zur Seite gekratzt – und jeder äußerte sich wohlwollend über die ungewöhnliche und bisher in dieser Form noch nicht servierte Artischocke. Gewundert habe ich mich damals eigentlich nicht – ich verstand nur nicht, wieso die Griechen alle so wild auf Artischocken waren, wenn sie hinterher beinahe das ganze Ding doch nicht aßen. Was ich aber wiederum verstehen konnte, weil diese Artischocken so hart und faserig waren. Geschmack ist eben Geschmacksache – und verschiedene Länder haben verschiedene Ideen davon. Oder vielleicht war es ja auch eine besondere Maßnahme zur Fastenzeit. Wer weiß das schon.

Erst viel später, als ich bereits ständig in Griechenland wohnte, konnte ich bei anderen beobachten, wie man Artischocken zubereitet – und dann konnte ich plötzlich auch den Gesichtsausdruck der damaligen Teilnehmer des Karfreitagsessens deuten. – Typisch Griechisch: Man blieb und bleibt höflich. Immer. Wenn wir Jenny heute sehen, kriege ich noch immer einen roten Kopf ob des damaligen Osteressens. Sie hat es mir, glaube ich, verziehen – benutzt es aber sicherlich noch regelmäßig als Treppenwitz.

Also für alle, die Artischocken zubereiten wollen, ob wild oder nicht: Die Stachel braucht man selbst unter Lebensgefahr nicht einzeln abzuschneiden. Nein, man schneidet etwa 80 % der Artischocke direkt über dem Boden ab. Der Teil ist sowieso schon mal für den Kompost. Anschließend werden die restlichen Blätter heruntergerupft, bis nur noch das Herz stehenbleibt mit den Faserstängeln. Ich glaube, richtig heißt es Röhrenblüten, aber sicher bin ich mir nicht. Dann werden die Artischockenherzen mit einem Löffel ausgehöhlt und von diesen Faserstengeln befreit. Zum Schluss schneidet man den Stiel noch entsprechend kurz und dann ab in den Topf. Gegessen wird also nur das Herz der Artischocke und sonst nichts.

Nachdem ich es dann zum ersten Mal richtig griechisch gekocht hatte für meinen Herrn, kam auch die promte Anerkennung: »Ach, du weißt jetzt, wie das geht. Wer hat es dir erzählt?« – Kennst du das Gefühl, jemanden hinterrücks kaltlächelnd heimtückisch erwürgen zu wollen?

›ARTISCHOCKENGEMÜSE‹

Zutaten:
Artischockenherzen (fertig aus dem Glas oder eben wie oben beschrieben selbst geputzt), 1 Karotte, 2 Kartoffeln, 1 Tasse Erbsen, 2 Zwiebeln und ½ Tasse Dill, Salz und Pfeffer.

Zubereitung:
Außer den Artischockenherzen wird alles kleingeschnitten und in Olivenöl kurz angebraten. Dann mit Wasser auffüllen, Salz und Pfeffer hinzugeben. Anschließend wird die Mischung wie eine Suppe gekocht. Ausgesprochen »nóstimo« – lecker. Außerhalb der Fastenzeit wird es in Griechenland gern mit der berühmten Avgolémono-Sauce serviert.

›AVGOLÉMONO-SAUCE‹

Zutaten:
1 Ei, Saft von 1 Zitrone, Brühe – und viel Fingerspitzengefühl.

Zubereitung:
Das Eiweiß vom Eigelb trennen und das Eiweiß zu Schnee schlagen. Während des Schlagens lässt man den Saft der Zitrone in die Eiweißmasse langsam einlaufen. Danach lässt man das Eigelb langsam in die Eiweißmasse einlaufen und rührt es unter. Zum Schluss lässt man heiße Brühe (von dem Gericht oder individuell vorbereitet) in die Eiweißmasse vorsichtig hineinlaufen. Die Brühe darf dazu nicht zu heiß sein, weil sonst alles gerinnt. Die Sauce lässt man etwas abkühlen, bevor man sie serviert.

Tipp:
Will man gänzlich sicher sein, dass nichts gerinnt, kann man vorher etwas Maismehl mit Wasser anrühren und verdünnen, Zitrone und Eigelb, dazu die Brühe, und dann die Eiweißmasse ganz am Schluss unterheben.

Katerina Metallinou-Kiess

KORFIOTISCHE NATUR

Die Zeit bei Oma Agní trug sehr viel zur Entwicklung von Katrinas junger Seele bei. In Korakiána hat Katrina als kleines Kind zum ersten Mal die leuchtenden Farben der Rose, des Goldlacks und des blauen Himmels bewusst wahrgenommen und bewundert. Sie war sehr jung - noch nicht mal fünf Jahre alt - doch sie erlebte dort intensive Momente, gleichsam ›Blitze‹, wie ein ›Feuerwerk des Universums‹ in Berührung mit der Natur, die sie mit ihrer positiven Energie und Inspiration das ganze Leben begleiten sollten.

Das starke Sonnenlicht - das besonders an Ostern unvergleichlich strahlen konnte - ließ die weiß gestrichenen Häuser noch weißer leuchten, die dunkelroten Rosen wie aus Samt erschienen - deren Duft war nicht zu überbieten - und an den Volksfesten auf die bunten Samtröcke der jungen Mädchen, ›ta Panigíria‹ fallen. Von der Schönheit des Lichtes verzaubert, sah Katrina dabei zu, wie der Sonnenuntergang die Halme des frisch geernteten Weizens in ein goldenes Feld verwandelte.

Im September, kamen die Bauern mit ihren Eseln, die beidseitig mit großen Körben voller Trauben beladen waren, von ihren Weinfeldern zurück. Fast das ganze Dorf fuhr während dieser Zeit bei Agní vorbei. Es gab auch kaum einen anderen Weg, und jedem war eine Pause willkommen, dort anzuhalten, man nutzte die Gelegenheit, seine großen oder kleinen Sorgen bei Agní los zu werden. Sie waren es von der Zeit her gewohnt, als dort an der gleichen Stelle ihr ›Afféndes‹ - der Pater, der Geistliche des Dorfes - in diesem Haus gelebt hatte. Sie fanden in den Gesprächen Trost und Frieden. Und so fuhr Agní nach dem Vorbild ihres Vaters fort. Jeder, der vorbei kam, gab Agní einen Teller voll Trauben. Sie holte ein Stück Graubrot, und dann aßen sie auf den Stufen sitzend zusammen,

Trauben mit Brot. Die vorbei gehenden Bauern mit ihren beladenen Eseln waren für Katrina die reinste Theatervorstellung.

Dann kam der erste Regen, der die Erde dunkelbraun färbte und die Atmosphäre mit einem besonderen Duft erfüllte. Da das Haus am ›Fuß‹ des Ortes lag, lief das ganze Regenwasser durch den schmalen Pfad vor der Tür und der Weg wurde zum Bächlein. Am Anfang war das Wasser trüb und brachte viele Abfälle mit. Bald jedoch, besonders im Herbst nach vielen Wolkenbrüchen, wurde auch das Wasser klar. Daran hatte die kleine Katrina ihre Freude, sie spielte stundenlang barfuß im Wasser vor der Tür. Sie beobachtete das nasse Element, das mal ruhig und mal schnell seinen Weg nahm. An manchen Stellen staute es sich so, bis es schließlich wie ein Wasserfall weiter floss. Manchmal baute sie Papierschiffe, die sie auf die Reise schickte. Stundenlang stand sie dort, bewunderte das Wasser und ahnte damals schon, dass der Fluss dem Leben gleicht.

Gegenüber Agnís Haus war der Garten ihrer Nachbarin und Cousine Alkinói. Dort wuchsen viele Bäume mit leuchtenden Farben und köstlichen Früchten. Die Birnen waren reif und Gelb. Katrina lauerte darauf, dass eine Birne vom Baum herabfiel, um sie sich zu holen. Manchmal dauerte es recht lang. Daher meinte sie, ein bisschen nachhelfen zu müssen, und so ging sie früh morgens schnell hinüber und schüttelte den Baum. Das bekam die Cousine mit, und halb aus dem Fenster hängend jagte sie Katrina schimpfend fort.

Eines Tages weckte die Oma Katrina mit den Worten: »Steh auf, die Hähne haben schon gekräht!« Der Hahn war ihr Naturwecker, auch wenn es draußen noch dunkel war. Es gab weder elektrisches Licht noch eine Kerze. Der Reichtum der Insel, das Öl, beleuchtete alles in der Nacht. Eine kleine viereckige Blechscheibe, an allen vier Ecken hochgebogen, mit etwas Öl und einem Docht darin, und die Lichtquelle war perfekt. Alles lief im Rhythmus der Natur. Großmutter und Katrina gingen sehr früh auf die Felder, dorthin, wo sie Olivenbäume und Weinstöcke besaßen. Es war Winter, der Tag noch jung und sie hatten weder Netze noch Maschinen, mit denen man die Oliven hätte ernten können. Oma Agní formte Zeigefinger und Daumen zu einem ›Schnabel‹, der die reifen glänzenden Oliven aufpickte. Olive für Olive sammelte sie mit Geduld auf und warf sie in einen Blechbehälter. Anschließend legte sie sich einen dicken Baumwollkranz auf den Kopf, und darauf hob sie den Blechbehälter mit den Oliven. Gerade wie eine Kerze und voller Grazie, brachte sie so die Früchte zur Presse - dem ›Litrouvió‹, wo andere Oliven in Kanistern schon darauf warteten, gepresst zu werden. Es bestand hauptsächlich aus riesigen Mahlsteinen und ein großer runder Stein, der eine Rille hatte, lag horizontal. Zwei kleinere Räder, ebenfalls aus Stein, standen in jeweils gleichem Abstand senkrecht auf dem großen. Diese waren miteinander verbunden und fixiert. Ein großer Balken ragte hervor. An diesem Balken wurde das Pferd festgebunden, es lief im Kreis um die Mahlsteine und zerquetschte so die Oliven. Der gelbgrüne Saft begann, königlich aus der Rille zu fließen. Der Duft bohrte sich in Katrinas Nase. Die Überbleibsel der Oliven fanden Verwendung als Brennmaterial bei der Ziegelbrennerei.

Die Insel Korfu war fast ausschließlich mit Olivenbäumen bepflanzt. Ihre Geschichte liegt Hunderte von Jahren zurück. Als die Venezianer von 1386-1797 die Herrschaft über Korfu hatten, brachten sie nicht nur ihre Kunst und Kultur auf die Insel, sondern sorgten auch für die Kultivierung von Olivenbäumen. Sie gaben jedem Bauern, der einen Olivenbaum pflanzte, 50 Drachmen. Im Nu war die Insel voller Olivenbäume. Die wunderbaren Haine - die noch heute zu bewundern sind - stammen noch aus dieser Zeit und die dicksten Stämme verraten ein Alter von vier- bis fünfhundert Jahren und mehr.

Die Großmutter sammelte auch ›Chórta‹, Wildgemüse. Das waren verschiedene Pflanzen, ähnlich wie Löwenzahn, die besonders im Winter gut schmeckten. Sie wurden einfach in Salzwasser und mit ein paar Kartoffeln gekocht, sogar den Sud hat man getrunken. Oma Agní hatte außer ihrem Esel Manolis auch Hühner, die für den täglichen Bedarf Eier legten. Katrina freute sich besonders, wenn sie auf dem Esel oder auf dem Pferd der Nachbarin zu den Feldern reiten durfte. Sie lernte sehr jung, sich den Bewegungen des Tieres anzupassen und konnte somit früh das Gefühl fürs Reiten entwickeln, doch ihre Oma lief zur Sicherheit immer neben ihr her.

Einmal fiel der Großmutter auf, dass die Hühner über längere Zeit keine Eier gelegt hatten. Sie hielt es für richtig, ihre Hühner ein Weilchen zu beobachten. Was sie an dem besagten Tag beobachtete, erfüllte sie mit

Scham: ihre Cousine und Nachbarin stahlen ihre Eier! Anstatt sie zur Rede zu stellen, zog sie sich ihr Kopftuch ins Gesicht, drehte sich um und verschwand, damit ihre Cousine sie nicht erkannte und passte nun auf, dass sich das nicht wiederholte. Das war für Katrina eine Lektion in Herzensbildung und Würde.

Zutaten:

1 kg Wildgemüse bestehend aus einer der folgenden Sorten oder einer Mischung davon: Löwenzahn, Amarant, Gemüse-Gänsedistel, Melde, Portulak, Bitterkraut-Schwefelkörbchen, Gewöhnliche Reiherschnabel, Ampfer, Apulischer Zirmet, Malve, Waldsauerklee, Stachel-Lattich, Gewöhnliche Wegwarte, Garten-Senfrauke, Futterrübe, Zuckerrübe, Brennnessel, Endivie, Spinat, Mangold, Rucola, Radieschenblätter oder ähnliches.
1 Tasse Olivenöl, ½ Tasse Zitronensaft, Salz, frischgemahlener schwarzer Pfeffer, 2 EL Weißwein, 1 TL Senf.

Zubereitung:

Wildgemüse unter fließendem Wasser spülen. In einem Topf Wasser zum Kochen bringen, Salz zufügen, das Wildgemüse hinein geben und weichkochen. Harte Blättersorten (z.B.: Löwenzahn, Gänsedistel) brauchen eine längere Kochzeit, für weichere Blätter (z.B. Radieschenblätter, Garten-Senfrauke) reicht ein kurzes Blanchieren. Gargekochte Wildgemüse in einem Sieb abtropfen lassen und dann in eine Schüssel geben.
Aus Olivenöl, Zitronensaft, Salz, Pfeffer, Weißwein und Senf eine Vinaigrette herstellen, über die warmen Wildgemüse gießen und gut umrühren.
Servieren Sie das Wildgemüse warm mit Salzkartoffeln zu gekochtem oder gegrilltem Fisch.
Das Wildgemüse kann auch kalt als Salat zu kurzgebratenem Fleisch gereicht werden. in diesem Falle zerbröckeln Sie etwas Fetakäse und streuen Sie einige Oliven darüber.

Tipp:
Den Wildgemüsesud kann man trinken. Er schmeckt jedoch bitter.

Andreas Deffner

›ÄGÄISCHER FISCHFANG‹

An diesem Abend esse ich Fisch bei Perikles und studiere Statistiken über den Fischfang in Griechenland. Im Jahr 2009 waren in Griechenland offiziell 12.200 Fischer gemeldet. Einer von ihnen ist Dimitri, der von seinen Freunden liebevoll Mitsos genannt wird. Er tauscht gerade in der Taverne eine leere Bierflasche gegen eine volle, die er wie üblich unterwegs trinken wird. Dann wünscht er uns eine gute Nacht. Er muss früh ins Bett. Sein Arbeitstag beginnt vor dem Morgengrauen. Seit fünfundvierzig Jahren fischt er hier an der beeindruckenden Küste des Peloponnes. Als er mit fünfzehn sein Hobby zum Beruf machte, gab es fast nur, aber dafür wenige Fischer in Tolo. Neben Fisch fingen Sie damals wie heute Kraken, Kalamari, Krabben oder sammelten auch mal Seeigel an den felsigen Uferpartien. Mitsos ist für mich, spätestens seit er mich damals zum Oktopusfang mitgenommen hat, eine der schillerndsten Figuren Tolos. Ein echtes Unikat und voller Herzlichkeit und Güte denjenigen gegenüber, die ihm Gleiches entgegenbringen. Ich freue mich daher ausgesprochen, als er mir beim Abschied anbietet, mich morgen früh mitzunehmen, wenn er seine Netze einholt.

Es ist noch vor Sonnenaufgang, als ich auf Perikles' Terrasse auf Mitsos und die Sonne warte. Einmal mehr sehe ich fasziniert, wie sich der glühende Ball seinen Weg an den Himmel über der Bucht von Tolo bahnt. Die Sonne erscheint am Horizont hinter der Haseninsel, wie das flache Eiland wegen seiner ausschließlich tierischen Bewohner genannt wird. Von dort aus taucht sie die umliegenden Berge in intensivstes Orange. Vor dieser vor farblicher Strahlkraft strotzenden Kulisse schlendert nun Mitsos langsam aber zielstrebig heran. Er wollte mir wohl etwas Zeit zum Ausschlafen gönnen. Im orangefarbenen Morgenrot glänzt das rote Etikett seiner in der rechten Hand mitgeführten halbvollen Amstel-Flasche. In der Linken hält er die Leine, an der sein Hund angebunden ist; der zottige, große Mischling mit den zwei verschiedenfarbigen Augen. Um den Hals trägt dieser eine Kette aus kleinen roten Plastikkugeln, die sonst als Auftriebskörper an Fischernetzen dienen.

Der 60-jährige Fischer trägt ein schmuddeliges T-Shirt. Trotz seiner Vorliebe für viele Flaschen Bier pro Tag ist nicht einmal der Ansatz eines Bierbäuchleins zu erahnen. Von seinem schlanken, sportlichen Körper träumen sicher auch heute noch einige 20-Jährige, die in den Städten im Fitnessstudio schwitzen. Mitsos hingegen treibt keinen Sport. Dafür ernährt er sich halbwegs gesund. Er isst ausschließlich Fisch und Gemüse, allerdings trinkt er auch nur Bier. Sein zotteliges, schulterlanges Haar und sein Drei-Wochen-Bart sind beeindruckend. Mit seinen schwieligen, nackten Füßen und dem unvollständigen Gebiss wirkt er wie die perfekte Inszenierung eines Fischer-Urgesteins. Auf unserem Weg zu seinem Kaiki bestaune ich jeden einzelnen seiner Schritte. Über den Strand geht es bis zum kleinen Betonanleger. Dort ist sein Boot vertäut.

Mitsos springt aufs Kaiki und winkt mich mit seiner Bierflasche heran. »Komm an Bord! Wir fahren gleich los. Setz dich da vorne hin und mach es dir bequem!« Ich folge dem Kapitän und stolpere auf das unaufgeräumte Deck. Mitsos sucht bereits unter Deck nach seinem Fischeroutfit und legt es bereit. Gelbes Ölzeug. Latzhose und Jacke. Die Fahrt kann beginnen.

Das kleine blau-weiße Kaiki, bewegt sich majestätisch sanft unter unseren Füßen, auf dem so früh am Morgen noch spiegelglatten Meer.

»Das ist erst mein drittes Fischerboot«, sagt Mitsos. »Ich habe es jetzt seit achtundzwanzig Jahren. Es ist mein absolutes Lieblingskaiki.« Er macht die Leinen klar. Ich sehe ihm an, dass er stolz ist auf sein altes, kleines Boot. Mitsos ruft nun plötzlich einem Jungen am Anleger zu, er solle die Leinen lösen. Und kurz darauf kommt dieser mit einem raschen Sprung ebenfalls an Bord. Der Dieselmotor schiebt uns schon langsam auf das Meer hinaus und Mitsos, der mein fragendes Gesicht gesehen hat, erklärt mir, dass der Junge, wie ich, Andreas heißt. Der 15-Jährige ist neuerdings sein Gehilfe. Auch er will Fischer werden. Wie Mitsos damals im gleichen Alter.

Rund 6.500 Fischerboote sind in Griechenland offiziell gemeldet. Sie kommen rechnerisch auf eine Durchschnittsbesatzung von zwei Mann. So gesehen befinde ich mich auf einem Durchschnittskaiki. Doch so gar nicht durchschnittlich ist Kapitän Mitsos. Während wir an der Insel Romvi vorüberfahren stellt er seine halbvolle Amstel-Flasche am Ruderstand ab. Er rät mir vorsichtig zu sein, wenn ich in die Nähe der Gewindestange für die Netzeinholvorrichtung gerate. Dann fischt er bereits mit geschickter Hand nach seinem Ölzeug. In Windeseile ist er damit ›eingekleidet‹, wenn man angesichts der Fetzen überhaupt von Kleidung sprechen möchte. Mindestens so alt wie das Kaiki vermute ich das Ölzeug, aber in schlechterem Zustand.

»Im Winter habe ich vor, das komplette Boot mit Kunststoff zu ummanteln.« Während sich Mitsos noch das alte Stück Seil über die Schulter zieht, das als Trägerersatz die Latzhose halten soll, erzählt er weiter: »Das hält länger und es macht vor allen Dingen weniger Arbeit.«

Die Wintermonate nutzen die Fischer üblicherweise für Reparaturen am Boot. Dann wird gereinigt, erneuert und geschrubbt. Alter Lack wird abgeschliffen und neuer aufgetragen. Mitsos scheint sich die Mühen sparen zu wollen. Ein Polyesteranstrich hält sicher länger, auch wenn es dem alten, traditionellen Holzkaiki sicher nicht so gut stehen würde.

»Wir sind da!« Mitsos schaltet den Motor in den Leerlauf. »Vorsicht an der Kette!«, ruft er mir zu, dann beginnt sich die Winde zum Einholen des Netzes zu drehen. Über zwei etwa felgengroße Metallrollen legt der Kapitän einhändig das Ende des Seils, an dem das Netz befestigt ist. Die andere Hand braucht er für seine Bierflasche. Die ölverschmierte Kette quietscht und knarzt, während der Einholvorgang beginnt.

»Das Netzt ist siebenhundert Meter lang«, sagt Mitsos. Es hat an der unteren Kante Bleigewichte, die es am Grund halten und an der oberen Kante sind Auftriebskörper befestigt. Genau die gleichen, wie sie Mitsos' Hund am Halsband trägt. Der Kapitän hält einen Teil des Netzes in die Höhe. »So wird es vom Meeresgrund bis zwei Meter darüber gehalten.« Er erklärt mir ausführlich das Prinzip der Netzfischerei. Die Fische, die sich in Grundnähe aufhalten, schwimmen ins Netz und verheddern sich darin. Einfach.

Damit er sein Netz im Meer wiederfindet, sind zwei lange Seile an ihm befestigt, an deren Enden sich Bojen, oder meist leere Plastikkanister und ähnliches anstelle dieser befinden. Sie treiben an der Meeresoberfläche. Einer dieser Kanister liegt nun neben mir an Deck und die Winde wickelt Meter um Meter des Netzseiles auf. Das Meer ist an dieser Stelle weit über einhundert Meter tief. Genau hier hat Kapitän Stavros einst seinen Außenbordmotor versenkt; aber das ist eine andere Geschichte, die ich vielleicht in meinem nächsten Buch erzählen werde.

Es dauert, bis der Anfang des Netzes über die Bordwand gleitet. Jetzt ist Mitsos' Geschick gefragt. Mit geübten Griffen legt er das Netz langsam zu einem geordneten Haufen, während er gleichzeitig größere Beifänge, wie Steine, Algenbüschel oder Muscheln aus den Maschen entfernt. Auch eine gut dreißig Zentimeter große Muschel plumpst laut auf die Schiffsplanken. Das erste auffallend Bewegliche ist jedoch ein kleiner Oktopus. Obwohl seine acht Beine mit den Saugnäpfen in dem Netz stecken, fischt Mitsos ihn in spielerischer Leichtigkeit einhändig aus den Maschen. Es folgen einige kleine Fische. Die meisten von ihnen lässt er zunächst im Netz. Nur die leicht zu entfernenden landen in einem Eimer.

Das Netz wird immer weiter aus der Tiefe gezogen. Mitsos' ›Regenanzug‹ hält ihn vom Spritzwasser einigermaßen trocken. Die Ausbeute an diesem Morgen ist recht ordentlich. Tief dunkelblau schillert das Meer in der morgendlichen Sonne, während sich das verblichen-gelbe Netz mit den etwa fünf Zentimeter feinen Maschen an Deck immer weiter, scheinbar ungeordnet, zu einem Haufen zusammenlegt. Einige Sargos – Bindenbrassen – sind bereits eingewickelt, da plumpst ein größerer Brocken auf den Schiffsboden. Feurig rot zappelt ein etwa unterarmlanger Skorpios in den Maschen. Der Skorpionsfisch wirkt bizarr. Ein knorriger Dickschädel mit vielen spitzen Dornen, großen Augen und ledrig-fester Haut.

»Das ist ein besonders guter Fisch für eine leckere Suppe«, sagt Mitsos und wickelt den Skorpios aus dem Netz. Er wirft ihn zu den Brassen in den Eimer. Zur selben Zeit befördert die Netzwinde bereits weitere stattliche Exemplare dieser Exoten an Bord.

Der Oktopusfischer Mitsos wird zum Suppenkapitän, ulke ich gerade herum, als ich etwas erschrocken auf das blicke, was gerade über die Bordwand gezogen wird. Ein Fisch? Und noch ein weiteres dieser seltsamen Dinger! In schillernden Regenbogenfarben zappeln merkwürdige Gestalten neben meinen Füßen, die mich zuerst an bunte Fledermäuse erinnern.

»Mitsos, was zum Teufel ist das?«, frage ich meinen Kapitän.

»Oh, das sind Chelidonopsara – fliegende Fische!« Gelassen trinkt Mitsos einen weiteren Schluck aus seiner Amstel-Flasche und hält mir einen dieser Flattermänner an den Flügeln ausgebreitet vors Gesicht. Spannweite etwa siebzig Zentimeter würde ich schätzen. Mitsos, der Mann für die speziellen Meeresbewohner, grient. In der Sonne glänzen die blauen Flügel perlmuttartig edel. Sie reichen von den Kiemen bis fast zum Schwanz und breiten sich elegant wie die Schwerter eines holländischen Plattbodenbootes zu den Enden hin bauchartig aus. Auf diesen flügelähnlichen Bauchflossen können die grazilen Fische bis zu zehn Sekunden lang über dem Meer gleiten, wenn sie, auf der Flucht vor ihren Feinden, aus dem Wasser springen. Dabei landen sie manchmal versehentlich an Deck eines Fischerbootes, erfahre ich von Mitsos. Die Tiere gelten als Delikatesse. Im Grundnetz landen sie eher selten, da sie meist an der Wasseroberfläche in Schwärmen unterwegs sind. Umso erfreuter blicken Mitsos und ich nun in den Eimer, in dem sich jetzt bereits sechs fliegende Fische befinden. Mitsos hat sie eilig eingesammelt. Die Netzwinde gurgelt unterdessen weiter und zieht beharrlich Fische heran. Jetzt folgen nur noch einige kleinere, nicht sehr schmackhafte Arten, dann noch ein, zwei Sargos.

»So, jetzt haben wir es gleich geschafft«, sagt Mitsos. »Kein schlechter Fang heute. Das Netz ist gleich komplett an Bord.« Kurz darauf greift er auch schon nach der leeren Plastikflasche die am Ende des Netzseiles als Boje Verwendung findet. Und dann greift er auch schon wieder nach seiner Glasflasche Amstel. Ist es eigentlich schon die zweite, oder gar die dritte? Ich habe nicht mitgezählt. Mitsos kenne ich zu lange, als dass ich mich noch über seinen Bierbedarf wundern würde. Worüber ich allerdings überrascht bin, ist das Siebenhundert-Meter-Netz. Es liegt an Deck und ist zu einem Haufen aufgetürmt, der höchstens einen halben Meter hoch ist. Die feinen Maschen fangen gut und verwundern.

Als wir wieder am Anleger ankommen, wartet ein dicker Mann auf uns. Er kommt an Bord, während Mitsos und Andreas das Kaiki vertäuen. Der Mann ist Fischhändler, erfahre ich nebenbei von Mitsos. Er hat ihm die besten Fische im Vorfeld abgekauft und kommt, um zu sehen, was der Fischer ihm bringt. Mit blankem Oberkörper macht er sich bereits daran, die noch im Netz verbliebenen Fische heraus zu friemeln. Einige wenige landen direkt wieder im Meer. Es sind geschmacklich nicht brauchbare Exemplare, die als Möwenfutter herhalten. Der dicke Fischhändler arbeitet sich Meter für Meter durch das komplette Netz, und Mitsos widmet sich in aller Ruhe seinem Amstel. An Deck liegt noch die riesige Muschel. Als Mitsos sich ihrer erinnert, greift er geschwind zu einer großen Plastikflasche. Ein ordentlicher Schluck in die Öffnung des etwa unterarmgroßen Exemplars und die blaue Plastikflasche verschwindet wieder unter Deck, wo Mitsos sie gegen sein Amstel tauscht. Dabei erhasche ich einen Blick auf den Aufdruck: Klorix. Die Meeresfrucht ist also präpariert für einen Platz im Regal.

Die verbleibende Arbeit übernimmt nun der dicke Fischhändler. Ich kann mich guten Gewissens von Mitsos verabschieden. Ich danke ihm noch einmal dafür, dass ich in aller Herrgottsfrühe mit ihm zum Fischen fahren durfte. »Jederzeit immer wieder gern!«, antwortet er und winkt mir noch lange mit der Flasche in der Hand nach, als ich bereits zurück zu Perikles' Terrasse schlendere. Dort beginnen wir den Morgen mit einem leckeren griechischen Kaffee, während ich vom Fischfang berichte.

Einige Zeit später, wir haben gerade den Mokka geleert, spaziert Mitsos vorbei. In der rechten Hand sein Amstel, in der linken eine Plastiktüte. Der Fischhändler hat ihm nicht alles abgekauft. Die fliegenden Fische wollte er nicht. Spontan frage ich Mitsos, ob ich ihm welche abkaufen kann.

»Nein!« Er besteht darauf, sie mir zu schenken. Nun geht es hin und her; am Ende setze ich mich durch. Ich stecke ihm aufdrängend wenigstens einen 10€-Schein zu.

»Na gut«, willigt er schließlich ein. »Das reicht für mein Bier heute.«

Wir lachen gemeinsam aus vollem Herzen, und ich schleppe die Tüte mit den Fischen zu unserem Tisch. Als meine Familie die fledermausähnlichen Kreaturen erblickt, sind sich alle außer mir spontan einig: »Das essen wir nicht!«

Am späten Abend schafft Perikles' Schwester Irini dann jedoch das schier Unmögliche. Als sie uns eine ›fliegende Fischsuppe‹ serviert, deren Duft allen genug Mut einflößt, die Fische doch zumindest mal zu probieren, ist der Bann gebrochen. Nach einem zögernden Nippen am Suppenlöffel wird es hektisch am Tisch. Innerhalb kürzester Zeit wird alles aufgegessen und ich blicke in strahlende Gesichter.

»So eine herrliche Suppe habe ich noch nie gegessen«, sagt Opa Manfred zum Schluss und streicht sich wohlig über den Bauch. Eine Suppe aus dem Skorpionsfisch hätte sicher nicht besser sein können. Perikles bringt noch ein Bier.

»Damit kann kein deutsches Bier mithalten«, ruft Opa Manfred glücklich in die Runde und prostet uns zu. Mit seinem Mythos.

Mitsos schlummert derweil bereits in seinem Bett und träumt vom Fischen. Oder?

Fischsuppe gehört zu Griechenland, wie die Bulette zu Berlin. Wer die ›fliegende Fischsuppe‹ nachkochen möchte, findet nachfolgend das Rezept. Da fliegende Fische im Handel nur sehr schwer zu bekommen sind, habe ich es abgewandelt. Opa Aristides hat seine Suppe auch gerne mal mit einer Art Kabeljau gekocht.

Zutaten:

1 l Wasser, 1 fein gehackte Zwiebel, 2 Karotten in Scheiben geschnitten, 2 Tomaten in Würfel geschnitten, 3 Kartoffeln in Würfel geschnitten, Selleriegrün, glatte Petersilie, 1–1 1/2 EL Salz, 3-4 EL Olivenöl, Pfeffer, 1 Ei, Saft von 1 Zitrone, 1 kleiner Kabeljau oder wahlweise etwa 500 g Kabeljaufilet, (ein ganzer Fisch ist zu bevorzugen, da der Kopf der Suppe das besondere Aroma verleiht)

Zubereitung:

Die Zwiebel in der Hälfte des Olivenöls kurz anbraten. Karotten und Tomaten dazugeben. Mit dem Wasser auffüllen, salzen und zum Kochen bringen. Auf mittlerer Flamme etwa eine halbe Stunde köcheln lassen. Kartoffeln zusammen mit dem Fisch in die Suppe geben. Das Ganze eine weitere halbe Stunde köcheln lassen. Wenn Sie einen ganzen Fisch gekocht haben, nehmen Sie diesen nun vorsichtig aus dem Topf und stellen ihn beiseite.

Kurz vor Ende der Kochzeit das Ei mit dem Zitronensaft schaumig rühren und nach und nach eine Kelle der Fischsuppe in die Ei-Zitronen-Masse gießen. Den Topf vom Herd nehmen und vorsichtig die Ei-Zitronen-Masse hineingeben und verrühren, bis die Suppe eine cremig goldgelbe Konsistenz angenommen hat. Nun den Fisch wieder in die Suppe geben, noch einmal mit Pfeffer und ggf. Salz abschmecken und mit der Petersilie anrichten. Fertig!

Sevastos P. Sampsounis

HIER KOMMST DU NICHT DURCH, MARIA ...

Montag, 25. März 1963
Alle fünf Minuten strömten Lebensgüsse vom Himmel herab. Alle fünf Minuten wand sich auch Gottes Fluch über Eva wie eine Schlange durch ihren Leib. Vom Herzen zum Schoß und wieder zurück. Alle fünf Minuten.

Sie dachte an ihr Heimatdorf: An ›Kipi‹ die Gärten des Evros, kurz vor Ostern, der Vater schlachtet. Das Messer in seinen schwieligen Händen, das weiße Lämmchen blökt, das Blut fließt dampfend auf den Zementboden. »Me sfazun – Ich werde geschlachtet!« brüllte sie, die Qualen der Natur und der kalte Schweiß brachten sie um. Zweifelnde Fragen – das Rätsel des Lebens – ließen Reue in ihr aufkommen. Wie konnte sie nur Mutter werden wollen? »Sta xena – In der Fremde!« schrie sie mit trockenem Mund – eine Krankenschwester sah ihr in die Augen.

»Es ist alles in Ordnung! Es ist gleich soweit, Frau Papardela!« beruhigte die Hebamme sie – Marianthi verstand kein Wort. Sie stöhnte, wurde plötzlich durstig, versuchte sich mit den Regenströmen zu trösten, die durchsichtig an den Fenstern herabflossen. Ein Labyrinth ihre Gehirngänge: Soll sie Atem holen? Die Zähne zusammenbeißen? Die Muskeln anspannen? Sie betete, beim Wort »Panajá mu! – Muttergottes!« brach sie in Schluchzen aus.

Sie stellte sich ihre Mutter vor, wie sie, den Kopf mit einem Tuch bedeckt, Kerzen in der Kirche anzündet. Die Krankenschwestern redeten mit Mitgefühl auf sie ein, das spürte sie, auch wenn sie kein Wort Deutsch verstand. Hinter ihren weit geöffneten Beinen in der weißen Welt der Klink fragte sie sich, ob man ihren Mann in der Opel-Fabrik wohl benachrichtigt hatte.

Im August – mit neunzehn – heiratet sie Christos, im Oktober geht sie mit ihm nach Frankfurt, im November Arbeitsbeginn in der Textilfabrik Adler, im Juli ist sie bereits in anderen Umständen. Alles rast um sie herum. Gestern noch ein Mädchen, stöhnt sie heute unter den Schmerzen der werdenden Mutter. Über ihr die gleißenden Lampen, neben ihr Schläuche, und dort unten in ihrem Schoß – Hände, Finger, Worte.

»Pressen, pressen und nochmal pressen, Frau Papardela!« sagte die Hebamme. Marianthi guckte kläglich drein. Sie verstand schließlich die Knüffe der weißgekleideten Dame, und dann ihre Gesten. Und fügte sich drein. Am Tag der Mariä Verkündigung sammelte sie ihre Gedanken, holte noch einmal tief Luft und ließ das Geschöpf frei, das ihren Bauch bewohnt hatte. Welches den Damm ihres Schoßes zerriss.

»Ein Mädchen, es ist ein Mädchen!« sagte die Hebamme zu ihr – aber das Einzige, was sie wahrnahm, war die verschwundene Last aus ihrem Innern. Sie hörte das Weinen. Verzagt hob sie den Kopf, um das Wunder zu schauen – mit Entsetzen sah sie ein kleines, verschmiertes Bündel, das man ihr an die Brust legte. Sie empfand weder Freude noch Kraft. Sie fragte sich nicht einmal, ob sie einen Jungen oder ein Mädchen geboren hatte. Der Jammer packte sie, sie weinte und wurde erneut von einem seltsamen Durstgefühl gepeinigt. Die Schwestern streichelten sie, redeten auf sie ein, zeigten ihr das Baby, von dem es auf ihre Brust herabtropfte – und sie schaute wie verloren in die Runde.

Zwei Hände ergriffen das Baby und hoben es in die Höhe. Dabei erhaschte sie einen Blick auf das Geschlecht des Neugeborenen. Ihre Augen leuchteten auf, »Evtychia – Glück«, murmelte sie zärtlich, Evtychia hieß die Schwiegermutter – die Sitten, Gebräuche und Traditionen ihres Dorfes würde sie auch in der Fremde beibehalten. Sie hatte mit ihrem Mann ohnehin nicht vor, länger als zwei Jahre in Deutschland zu bleiben – um Geld zu sparen und dann ein paar Morgen Land in der Evros-Ebene zu kaufen, und auch ein kleines Haus in der Nähe ihrer Schwiegereltern zu bauen. Alles war schon vorab geplant worden. »Kriegt Kinder, solange ihr noch jung seid«, hatte die Schwiegermutter Evtychia ihnen geraten. »Und macht euch keine Sorgen, ich werde sie schon für euch aufziehen«, hatte sie gesagt, bevor sie nach Deutschland gingen.

Sie sah auch noch die Nabelschnur. Eine Schere durchschnitt im nächsten Augenblick schon das Band zwischen Mutter und Tochter. Ein neuerlicher Sturzbach prasselte gegen die Fenster der Klinik. Eine durstige Marianthi dankte der Muttergottes, drehte den Kopf nach rechts und gab sich der segensreichen Erschöpfung hin, die sich schon bald ihres Geistes bemächtigte. Kurz bevor eine Frühlingsnacht über ihre müden Lider triumphierte, stellte sie sich die kleine Evtychia vor, wie sie ihre ersten Schritte unter dem Vordach ihres Hauses machte. Ein weiß getünchtes Haus, mit roten Dachziegeln, mit Blumenbeeten und einem Frühlingsgarten, in einer vertrauten Nachbarschaft, in ›Kipi‹ – den Gärten des Evros. Und unversehens reichte Evtychia ihr ein Glas kalten Wassers. Sie spürte, wie es ihren Durst löschte. Und ein altes Kinderlied erklang ihr im Traum:

»Wohin gehst du denn, Maria, hier kommst du ja nimmer durch.
Wohin gehst du denn, Maria, hier kommst du nicht –
kommst doch durch ...«

Mittwoch, 24. Dezember 1980
Alle fünf Minuten vergingen Evtychia Papardela-Müller die Sinne. Seit fünf Minuten fiel leise der Schnee. Sie schaute zu den großen Fenstern hinüber, sah die Schneeflocken tanzen und flüsterte: »Ich bin in einer Schneekugel drin«. Marianthi saß neben ihr, sie massierte ihr die Hände. Wenn sie sich auch darüber ärgerte, dass ihre Tochter auf Deutsch redete, schluckte sie doch in dieser Stunde Bemerkungen und Gedanken darüber hinunter und sprach ihr Mut zu, um das harte Los der weiblichen Natur durchzustehen.

»Wo ist mein Klaus?« fragte Evtychia immer wieder mit roten Augen.

Marianthi konnte nicht mehr an sich halten: »Was soll er denn hier?« sagte sie schließlich trocken. »Männer halten Geburten nicht aus. Ich bin doch da!« versicherte sie. Und wenn es möglich gewesen wäre, hätte sie gern die Zeit zurückgedreht.

Sie hatte es bereut, ihre Tochter als Baby der Schwiegermutter über-
lassen zu haben. Sie hatte es ebenso bereut, sie mit elf Jahren nach
Deutschland zurückgeholt zu haben, als die alte Frau krank geworden
war. Marianthi war nicht darauf vorbereitet gewesen, mit der Pubertät
eines Kindes fertig zu werden. Arbeit, Haushalt, und wieder Arbeit. Dorthin ging all ihre Energie. Der Sinn und Zweck der Auswanderung. Das
Haus in ›Kipi‹ – den Gärten des Evros stand kurz vor der Vollendung, in
zwei Jahren würde sie ihre Sachen packen können, dachte sie. Schon zwei
Jahre vorher hätte sie nach Griechenland zurückkehren sollen, das wusste
sie. Dann hätte Evtychia sich auch nicht mit diesem Deutschen eingelas-
sen. Was für eine Zukunft kann eine solche Beziehung schon haben? fragte sie sich und war überzeugt davon, dass sie kein gutes Ende nehmen
würde. »Fehler werden zu Lebzeiten bestraft«, seufzte und nörgelte sie
Christos gegenüber – als wäre es seine Schuld, dass ihre Tochter sie anfangs mit »Tante« anredete. Sie räumte aber unter keinen Umständen ein,
selbst irgendeinen Fehler gemacht zu haben. »So waren eben die Zeiten
damals«, rechtfertigte sie die Situation gegenüber Evtychia, wenn diese
maulte und trotzig grollte, dass niemand sie lieb habe. »Krieg du erstmal
selber Kinder, und dann reden wir nochmal über Liebhaben«, antwortete
sie mit Bitterkeit ihrer Tochter. Dann deckte sie stolz den Tisch und stellte ihn mit einer Unzahl guter Speisen voll, und mit einem »setz dich hin,
iss und halt jetzt den Mund!« war die Diskussion für sie erledigt.

Und Evtychia wurde, als ob sie die Worte ihrer Mutter in ihr Gehirn
eintätowiert hätte, schon schwanger, bevor sie das achtzehnte Lebensjahr
erreicht und die Schule abgeschlossen hatte. Sie erklärte, dass sie Klaus
heiraten wolle. »Mein Gott, was für ein Unheil ist über uns gekommen!«
Marianthi bekreuzigte sich. Ein deutscher Schwiegersohn war ihr unvor-
stellbar.»Mein Liebes, mein Goldschatz«, bettelte sie, »du bist noch viel
zu jung«, sie gab ihr Ratschläge, »mach es weg«, befahl sie ihr, aber
Evtychia änderte ihre Meinung nicht. »Gibt es denn keine griechischen
Jungs mehr?« schrie sie und ließ sich von morgens bis abends über diesen
»Xenos« – den Fremden aus.

»Du bist der ›Xenos‹ in diesem Land!« kreischte Evtychia und lief
schließlich irgendwann von Zuhause weg. Eine Woche später fanden sie

sie, vor Angst halbtot und mithilfe der Polizei. Marianthi machte aus ihrem Herzen eine Mördergrube, und so führte sie Evtychia eines schönen Samstagnachmittags im Brautkleid aus der Wohnung. Sie begleitete sie zur Kirche des Propheten Elias, unter dem Klang von Klarinetten und Fideln. Sogar einen Dudelsackspieler hatte sie für das Ereignis noch aufgetrieben. Hauptsache, sie blamierte sich nicht vor den Mitgliedern der griechischen Gemeinde. Das Kind musste einen gesetzlichen Vater bekommen. Und wenn er auch ein Fremder war.

»Diese Schmerzen!« stöhnte Evtychia und warf sich hin und her. Marianthi litt noch mehr – wegen all dem, was geschehen war, und mit jedem einzelnen Schlag ihres Herzens zahlte sie für ihren Anteil daran. Ihre Träume waren zu Alpträumen geworden, und der Arzt, der dort unten Evtychias Gebärmutter untersuchte, fügte noch einen hinzu: Er ordnete einen Kaiserschnitt an. Die Lage war kritisch, so wie auch die Zukunft.

Fünf Minuten später fand Marianthi sich in einem langen Gang der Klinik wieder, lehnte sich gegen die kalte Fensterscheibe und betete zur Muttergottes, dass alles gut gehen möge. Klaus, der inzwischen auch gekommen war, ging rastlos hinter ihr auf und ab. Weder Kaffee noch ein Glas Wasser wollte sie von ihm annehmen. Der Schnee fiel ununterbrochen an diesem Heiligabend, als der Arzt endlich die frohe Botschaft brachte.

»Herzlichen Glückwunsch, Herr Müller. Ihre Frau hat ein gesundes Mädchen zur Welt gebracht.«

»Gott sei Dank!« flüsterte Marianthi, schlug ein Kreuz und eilte zu ihm. »Und, wie ist die Name von Kind?« fragte sie, indem sie sich vor dem Schwiegersohn aufbaute. Ihr erwartungsvoller Blick hing an diesen deutschen Lippen. Die griechischen Sitten und Gebräuche mussten beibehalten werden. Sie hatte dafür gesorgt, dass Klaus sich orthodox taufen ließ, und zum Zeichen der Dankbarkeit, »dass ich euch ernähre«, hatte sie Evtychia ein paar Tage zuvor gesagt, erwarte sie, dass das Kind ihren Namen bekomme.

»Christina«, antwortete Klaus fröhlich, und Marianthi wurde schwindlig. »Christina wird sie heißen«, wiederholte Klaus dem Doktor, während

Marianthis Welt sich plötzlich mit kaltem Schnee bedeckte. So wie dort draußen, so sah es auch in ihrem Innern aus.

Samstag, 3. Oktober 2009

»Es wird ein Waagekind werden«, säuselte die pummelige Evtychia, während sie in einer astrologischen Zeitschrift blätterte.

»Jeró na ine ki oti théli as gini – Lass es gesund sein, und dann soll es doch werden, was es will«, sagte Marianthi und schlug ein Kreuz. Sie blickte durch die Fenster in den strahlendblauen Frankfurter Himmel.

»Es darf nie vernachlässigt werden«, murmelte ihre Tochter, die in ihre Lektüre vertieft war, versunken in ihrer eigenen Welt.

»Aman, vre Evtychia! Me singhizis me ta zodia! – Herrgottnochmal, Evtychia! Du raubst mir den Nerv mit deinen Sternzeichen!« zeterte Marianthi. Sie stützte ihren Stock auf den blitzblanken Klinikboden und erhob sich unwirsch von ihrem Platz. Sie machte zwei schwerfällige Schritte und wünschte, sie könnte losrennen – aber sowohl das künstliche Gelenk in ihrem rechten Fuß als auch ihr Gewicht hinderten sie an der Erfüllung ihres Wunsches.

»Ach avtí i Jermanía ftéi ja óla – Ach, dieses Deutschland ist an allem schuld«, sagte sie kummervoll, »me sakátepse – es hat mich zum Krüppel gemacht«, posaunte sie in den Warteraum, und wie Blitze zuckten die Jahre durch ihren Sinn, in denen sie von einem Extrajob zum nächsten gehetzt war: Um Geld zurückzulegen, um das Haus in den Evros-Gärten zu bauen, und um Christina aufzuziehen. Die Enkeltochter lag stöhnend im Kreissaal, um ihr Kind zur Welt zu bringen – auch ihr Ehemann Georg war bei ihr. »To milo kato apó tin miliá tha pési – Der Apfel fällt nicht weit vom Stamm«, krakeelte Marianthi zu Anfang mit Bitterkeit über den deutschen Mann ihrer Enkelin, außerdem hatte sie nie verwunden, dass die Enkeltochter nicht ihren Namen bekommen hatte. »Sie hat den Namen meines Vaters bekommen«, hatte Evtychia während der Taufe kurz und bündig klargestellt, worauf ihre Mutter nunmehr den Mund hielt. Sie ertrug es nicht, dass Christina perfekt Deutsch sprach, das Griechische dagegen nur mit Mühe. Und legte sich deswegen mal wieder mit Evtychia an. »Wir leben in Deutschland, deutsch soll sie lernen«, bekam sie von ihr zur Antwort. Auf Deutsch.

»Evtichós – Zum Glück«, sagte sie ein paar Jahre später und prahlte vor den Griechinnen der Gemeinde, »hat meine Enkeltochter einen deutschen Mann genommen, der so sehr Griechenland liebt, dass er die Sprache lernt!« Und sie traute sich sogar, Geschichten zu erfinden: dass eines schönen Tages Christina und Jorgos – wie sie Georg nunmehr nannte – für immer nach Griechenland gehen würden. »Träum nur weiter«, schüttelte Evtychia hinter ihrem Rücken den Kopf. Doch Marianthi war voller Hoffnung.

Und nun wartete sie in demselben Kreissaal, in dem sie selbst ihre Tochter und diese Christina geboren hatte, darauf, zur Urgroßmutter zu werden. Eine alte Frau, auf drei Pfeiler: zwei betagte Beine und einen Stock gestützt.

»Sakatévtika sti Jermanía – Zum Krüppel bin ich geworden in Deutschland!« seufzte Marianthi.

»Keiner hält dich hier. Geh doch endlich nach Griechenland zurück!« raunzte Evtychia hinter ihr.

»Ach, mavtá ta jermaniká su – Ach, du mit deinem Deutsch!« brauste Marianthi auf. »Wahrscheinlich machst du das extra.«

»Deutsch ist meine Sprache!«

»Ellinida ise, sto kaló su, ke Ellinida tha paramínis ja panta – Griechin bist du, merk dir das, und Griechin wirst du bleiben, so lange du lebst!" brüllte die alte Frau und zeigte mit dem Finger auf ihre Tochter. Hätte sie einen Revolver in der Hand gehabt, so hätte sie das pummelige Geschöpf vor ihr umgebracht.

Evtychias Augen blitzten auf im Warteraum. Hasserfüllt wühlte sie in ihrer Handtasche, zauberte mit fliegender Fingerfertigkeit eine Plastikkarte aus ihrem Portemonnaie hervor, erhob sich schwungvoll von ihrem Platz, stürmte zu der erschrockenen Marianthi und hielt ihr triumphierend die grüne Karte vors Gesicht.

»Das ist mein Personalausweis. Siehst du es? Schau genau hin! Staatsangehörigkeit: deutsch!« rief sie und wies auf die Zeilen der Karte. »Verstehst du? Ich sage es dir auch auf Griechisch: Ime Jermanída – Ich bin Deutsche und ich spreche Deutsch!«

Die Strahlen der Sonne blendeten sie.

»Den to pistévo! Theé mu! – Ich glaube es nicht! Mein Gott!« brach Marianthi aus. Mit einem zaghaften Finger berührte sie die schillernde Oberfläche der Plastikkarte, sah Evtychias Foto aus dem Ausweis und erkannte die Unterschrift ihrer Tochter. »Wann hast du das gemacht?« fragte sie fassungslos.

»Vor ein paar Monaten!«

»Jati? – Warum? Ich glaube es nicht!«

»Weil ich auch endlich irgendwohin gehören will!«

»Ach, kakó pu mas vríke! – Ach, was für ein Unheil ist über uns gekommen!« Marianthi bekreuzigte sich. »Bist du denn völlig verrückt geworden?«

»Ich bin zur Vernunft gekommen, willst du doch wohl sagen!« sagte ihre Tochter und betonte jedes einzelne Wort.

»Und dein griechischer Ausweis?« fragte Marianthi. »Den hast du so einfach weggeworfen? Auf den Müll? Ma kalá den exiw kathólu ntropí mésa su? – Hast du denn kein bisschen Schamgefühl?«

»Ich habe auch den griechischen behalten«, erklärte Evtychia jetzt in milderem Ton, und mit noch flinkeren Griffen als vorher zog sie eine weitere Plastikkarte aus ihrem Portemonnaie. Sie legte sie in Marianthis zitternde Hände. »Bitte, hier ist der Beweis!«

Marianthi seufzte, sie erkannte den vertrauten griechischen Ausweis. Ihr Blick ging zwischen dem blauen und dem grünen Dokument hin und her. »Wie ist das denn möglich, dass ein Mensch zwei Ausweise hat?«

»Es ist möglich!« antwortete Evtychia bestimmt. »Ich habe die deutsche Staatsangehörigkeit angenommen und gleichzeitig die griechische beibehalten. Im vereinten Europa ist eben alles möglich!«

»Das heißt ...« Marianthi versuchte sich zu konzentrieren.

»Das heißt, in Deutschland bin ich Deutsche und in Griechenland bin ich Griechin. Genauso, wie ich mich auch fühle!« fügte Evtychia hinzu.

Es dauerte etwas, bis Marianthi die Sachlage begriff. Schon immer hatten ihr Veränderungen, die in ihr Leben einbrachen, zu schaffen gemacht.

Die Jahre waren an ihr vorbeigerast wie ein Schnellzug, und die Arthritis hatte den Knorpel in ihren Gelenken zersetzt. Rentnerin war sie nun, und noch immer in Deutschland. Und das Haus in den Evros-Gärten war eingerichtet und zugesperrt. Der Putz bröckelte von den Wänden, die Dachziegel bekamen Risse und wurden undicht. Jeden Sommer ließ sie es wieder auf Vordermann bringen. Jeden Winter, zurück in Frankfurt, dachte sie an den nächsten Sommer. Evtychia zog nichts in das Dorf. Obwohl Marianthi es geschafft hatte, sie von Klaus zu trennen, und obwohl sie ihr tausend und einen Griechen zu vermitteln versuchte – ihr stand nicht der Sinn nach einer Wiederheirat. Sie ging Beziehungen ein und löste sie wieder. Marianthi regte sich von neuem auf. »Du wechselst die Männer wie die Hemden«, zeterte sie und riet ihr, mal die überzähligen Kilos abzunehmen. »Das ist mein Bier«, bekam sie zur Antwort.

Marianthi richtete ihr einen Friseursalon ein und schickte ihr Kundinnen. Sie kaufte ihr eine Wohnung, sie kümmerte sich um ihr Kind. Was sie tun konnte, das tat sie. Sie wollte sie glücklich sehen.

Das Leben fiel wie ein schwerer Samtvorhang vor ihrem Fenster herab. Mit ihrem nun auch altgewordenen Christos tapste sie zu griechischen Tanzgesellschaften, und sonntags in die Kirche. Und Christina gründete jetzt ihre eigene Familie. In Deutschland. Mit einem deutschen Ehemann, der sie auf Händen trug. Sonntags, zu Ostern und Weihnachten versammelte sie sie alle um ihren Tisch herum. Alle redeten Deutsch, sogar der alte Christos bemühte sich. Nur Marianthi hörte nicht auf, Griechisch zu sprechen, zu schreien und zu plaudern, und Lieder von Kazantzidis in ohrenbetäubender Lautstärke abzuspielen – gewöhnlich das ›Bittere Wasser der Fremde‹ – und die Teller mit thrakischen Speisen zu überfüllen.

Als sie von den Evros-Gärten fortgegangen war, war das einzige, was sie konnte, Brot backen. In Deutschland lernte sie exquisite griechische Gerichte zuzubereiten, Christos, Evtychia und Christina zuliebe. Von der deutschen Küche wollte sie nichts wissen. »Na min xechási kanís tus kipus – Niemand vergesse die Gärten«, sang sie, sowie sie sich in der Küche ausbreitete, als würde sie dazu getrieben, ein Gefühl zu befriedigen, das ihrer Überzeugung nach ganz allein ihr gehörte.

Sie sah das Übergewicht ihrer Tochter, ihre ewige schwarze Kleidung, die von der Dauerwelle ausgelaugten Haare. Irgendwann wurde ihr bewusst, dass auch Evtychia immer hungrig war, weil sie sie so erzogen hatte. Vom Augenblick der Geburt an hatte sie dasselbe Virus an ihre Tochter weitergegeben. Das Virus der Gefräßigkeit. Der das Regiment in ihren Körpern führt, mal mit Durstgefühl, und mal mit unstillbarem Hunger. Ein Virus, für dessen Fortbestand sie selbst jahrelang gesorgt hatte.

»Mamá, katalavénis pos esthánome? – Mama, verstehst du, wie ich mich fühle?« fragte Evtychia mit roten Augen.

Siebenundvierzig Jahre Leben in Deutschland, zählte Marianthi nach. Eintausendsiebenundvierzig Worte war sie drauf und dran, auszuspucken – aber Evtychias Tränen gaben ihr zu verstehen, dass sie, was immer sie in diesem Moment auch sagen würde, nur einer unerfüllbaren Sehnsucht Ausdruck verliehe.

Marianthi öffnete weit ihre Arme, warf den Stock von sich und empfing den Kopf ihrer Tochter, der andächtig auf ihren inzwischen flachen Busen sank. Sie legte die Arme um Evtychias Schultern und streichelte zum ersten Mal liebevoll ihr Kind.

»Ich mag es, wenn ich dich von Gefühlen sprechen höre, Korítsi mu – mein Mädchen«, flüsterte Marianthi, und auf ihren Lippen zeichnete sich ein alter Gram ab. »Dein Griechisch ist ausgezeichnet für eine deutsche Frau«, fügte sie hinzu und brach in ein Weinen aus, das aus den Tiefen ihrer Seele emporstieg. Einer Seele, die sich nach den Gärten des Evros mit dem Duft ihrer Veilchen sehnte. Die Gärten des Evros waren ihr stets so nah, dachte sie, und der Kummer schoss aus ihrem Körper hervor wie aus einem Vulkan.

»Verzeih mir, meine Evtychia, sygnómi – verzeih mir ...« murmelte sie und konnte nicht genug davon bekommen, einen süßen Traum in ihren Armen zu wiegen. Einen Traum, der seit siebenundvierzig Jahren jeden Schlag ihres Herzens beherrscht hatte. Ein Traum wie ein Kinderlied:

»Zu den Gärten will ich gehen, doch da komm ich nimmer durch,
zu den Gärten will ich gehen, da komm ich ja –
jetzt doch durch! ...«

In diesem Augenblick öffnete sich die Tür des Warteraums und ein junger Mann, Georg Bach, rannte voll Freude und unter Jubelrufen zu den beiden pummeligen Frauen hin, die sich weinend in den Armen lagen und sich gegenseitig stützten:

»Es ist ein Mädchen! Mamá, jajá, ekoume koritsi, ekume ena Marianthi – Mama, Oma wir haben ein Mädchen, wir haben eine Marianthi!«

Aus dem Griechischen von Brigitte Münch

Zutaten:

500 g geschälte Weizenkörner, 2 Tassen Zucker, ½ Tasse Sultaninen, ½ Tasse Korinthen, ½ Tasse Cranberry, 1 Tasse getrocknete Feigen, 1 Tasse getrocknete Pflaumen, 1 Tasse getrocknete Aprikosen, 1 Tasse Datteln, 100 g grobgemahlene Walnüsse, 100 g grobgemahlene Mandeln, 100 g grobgestoßene Haselnüsse, ½ TL Zimtpulver, eine Prise Nelkenpulver, 5 Päckchen Vanillezucker.

Zubereitung:

Weizen unter fließendem Wasser spülen, in eine Schüssel geben und mit reichlichem Wasser über Nacht quellen lassen. Schüssel dabei zugedeckt halten.. Am nächsten Tag das Quellwasser abtropfen lassen, den Weizen in einen Topf geben, mit frischem Wasser bedecken und zum Kochen bringen, bis er bissfest wird. Sultaninen, Korinthen, Cranberry, Feigen, Pflaumen, Aprikosen, Datteln und den Zucker zufügen und weiter kochen bis alles weich wird, jedoch die einzelnen Zutaten ihre Form nicht verlieren. Topf von der Feuerstelle nehmen und abkühlen lassen.
Walnüsse, Mandeln, Haselnüsse, Zimtpulver, Nelkenpulver und Vanillezucker mischen, in einen Teller füllen und einen Löffel in die Nussmischung stellen.
Die Barbara auf Teller füllen, je einen EL Nussmischung auf der Oberfläche verteilen und servieren. Wer möchte, kann von der Nussmischung noch nachnehmen.

Info:
Dieses Rezept stammt aus der Region Thrakien. Die süße Speise wird dort am Vorabend des 4. Dezembers hergestellt, zum Namenstag der Heiligen Barbara und wird bei Verwandten und Nachbarn verteilt.

Edit Engelmann

›KÜRBIS MIT STICHFLAMME‹

Mein Sohnemann liebt Kürbissuppe. Und wenn der Herbst beginnt und im Norden die Blätter fallen – hier tun sie das ja weniger – finden sich in Super- und auf anderen Märkten diese runden orangen Bälle, die sich so wunderbar zu Halloween-Leuchten verarbeiten lassen. Hier ist die Sitte mit den aus ausgehöhlten Augen guckenden Kürbissen nicht so verbreitet, nichtsdestoweniger hat der Herr Junior gourrmetmäßig Geschmack an diesen Dingern gefunden.

Also haben wir ein Biest gekauft und mit vereinten Kräften nach Hause gerollt. Dort wurde der Ball dann auf die Küchentafel gehievt und mit unterschiedlichen Messern verschiedener Größe in kleine Würfel geschnitten.

Was so ein richtiger Kürbis ist, der füllt schon eine Anzahl Kochgeschirr und demensprechend köchelten dann vier große Töpfe auf dem Herd vor sich hin. Was wir heute nicht essen, wird eingefroren. Übliches Verfahren.

Also wie gesagt, alles brutzelte vor sich hin. Sohnemann lief summend durch die Wohnung. Heute abend gab es seine Lieblingssuppe – und endlich mal eine Suppe, die auch genügend Flüssigkeit aufweist. Sonst macht Mama ja immer Pampe, bei der irgendwie das Wasser am Ende des Kochvorgangs verschwunden ist.

Irgendwann war das Ganze dann fertig gekocht und Mama holte den Stabmixer aus dem Schrank und fing an, Topf für Topf schön zu pürieren. Klappte auch hervorragend. Ist schon ein praktisches Teil, so ein Stabmixer. Während drei der Töpfe gleich in entsprechende Gefrierbehälter abgefüllt wurden, blieb der letzte zwecks Verfeinerung und zum abendlichen Genuss noch auf dem Herde stehen und blubbte vor sich hin.

Den Inhalt des Topfes in eine Schüssel füllen und auf den Tisch stellen, dann ist es nicht mehr ganz so heiss. Brot dazu. Für jeden Teller, Löffel, Serviette und so weiter, heiter wurde der Tisch gedeckt. Da auf einmal – patsch! – das Licht ging aus.

Kein Problem. Das passiert hier ja öfter mal. Ab zum Sicherungskasten. – Komisch! Da war alles drin. Kein Schalter lag unten. Na, dann eben ab in den Keller. Da sitzen die Hauptverteiler pro Wohnung. Hatten wir auch schon. Dann ist da die Sicherung rausgeflogen. – War sie aber nicht! – Mist! Jetzt hatten wir aber ein Problem. Denn jetzt verstand ich die Technik nicht mehr. Nur in unserer Wohnung war der Strom weg, aber keine Sicherung war draußen. Das war schon frappant. Da es ja noch keinen Funkstrom gibt, muss die Übertragung mittels Kabel gehen, die wiederum an die Sicherungen gekoppelt sind. Die aber wiederum hätten rausgeflogen sein müssen, wenn etwas gewesen wäre. Seltsam, wirklich seltsam, diese griechischen Stromverkabelungen. Dann hatte ich zunächst auch einmal keine Idee mehr. Der Sprössling fand das Ganze etwas weniger spaßig. Er wollte seine Suppe – und zwar warm, was sie inzwischen längst nicht mehr war. Und außerdem wollte er hinterher an den Computer. Wenn man heutzutage einem Minderjährigen den Computerzugang selbst unfreiwillig sperrt, können diese ganz schnell zu richtigen Knaatschhälsen auflaufen.

Glücklicherweise rief in diesem Moment Boss an. Zu Hause sind Männer ja nie, wenn so etwas passiert – aber aus der Ferne gute Ratschläge geben, das können sie. So auch in unserem Falle. Immerhin stellten wir bei dieser Gelegenheit fest, dass es da im Sicherungskasten oben doch noch eine Schraubsicherung gab, die den ganzen Kasten irgendwie nochmal zwischensicherte, bevor die unten dann sicherungshierarchiemäßig in die Bresche springen muss. Also rausdrehen das Ding. Stimmt, wenn dieses kleine Pünktchen unten dran rausgesprungen ist ... dann ist sie hin, sagte Boss. Also kleinen Boss mit Ansichtsexemplar zum nächstgelegenen Elektroladen geschickt, Sicherungen kaufen. Immer noch kein Abendessen – maul, maul. Aber da nicht nur der Magen nach Suppe, sondern auch der Geist nach Computer hungerte, machte er sich auf den Weg. Es ist ja auch schräg gegenüber – also mach nicht so einen Aufstand.

Kurz darauf war Junior zurück mit drei nagelneuen, wunderschönen Sicherungen. Reingedreht. Es werde Licht? – Es ward. Wir waren ergriffen. Der Zustand hielt ungefähr zwei Minuten an. Dann flog mit einem lauten Knall und einem Funkenregen, der nach Meinung von Junior aus dem Badezimmer kann, diese Sicherung wieder raus. Beim Rausdrehen und Nachgucken stellten wir fest, daß sie heiß und kaputt war.

Ja – dann. Stimmt wohl etwas am System nicht. Dann muss mal ein Elektrofritze her, der das Ganze professionell unter die Lupe nimmt. Wer weiß, wo da ein Kurzer ist. Da traue ich mich nicht ran.

Also, jetzt zu zweit zum Elektroladen und fragen, ob die einen kennen, der da mal kommen könnte. Junior und ich radebrechten, was das Zeugs hielt. Hinsichtlich unserer sprachlichen Kenntnisse hatten wir gerade den Zustand erreicht, wo Junior besser verstehen konnte als ich und ich dafür besser sprechen. Dem Gesichtsausdruck des Mitarbeiters im Elektroladen zufolge gab dieser es nach ungefähr 2 Minuten Kreuzundquerkonversation auf, unsere Anwendung der griechischen Sprache beurteilen oder verstehen zu wollen. Nichtsdestotrotz unterhielt er sich nach besten Kräften mit uns weiter. Es gelang! Wir waren im höchsten Maße angeschwollen und berichteten unserem Boss telefonisch stolz von unserer erfolgreichen Suche nach einem Elektriker. Und am nächsten Morgen wolle er kommen und das Problem beheben. Da Boss uns weiter nicht helfen konnte, wünschte er uns eine fröhliche und frühe Nacht und legte auf.

Wir verteilten ein paar Kerzen in der Wohnung und machten uns daran, romantisch unser zwischenzeitlich komplett kaltes Abendessen zu verzehren. Naja, Gaspacho isst man ja auch kalt. Und – Ja! - Sohn, versprochen, die nächste Suppe gibt es dann wirklich richtig warm. Ein nettes, geselliges Beisammensein bei Kerzenschein. Das nächste Mal probiere ich das mit Boss aus. Müssen wir eben so tun, als ob die Sicherung rausgeflogen wäre.

Also gut – fertig. Schulaufgaben brauchten wir nicht mehr zu machen. Man konnte ja doch nichts mehr sehen. Daher blieb der junge Herr in der Küche sitzen und guckte zu, wie Mama die Küche wieder sauber machte. Ja ja, so sind sie, die verwöhnten, kleinen Herren – hocken wie die Großen auf dem Küchenstuhl und geben Analysen und Ratschläge, wie sich die Welt verbessern ließe – aber bringen keinen Teller zum Spülstein.

Hoppla! Was denn nun? Wieso ließ sich denn das Kabel vom Stabmixer nicht einrollen? Es hing irgendwo fest. Ziehen. Da – das war's. Da kommt es ja. Aber wieso hat es denn eine schwarz verschmorte Stelle mittendrin? Die hatte es doch vorher nicht. Mir schwante Furchtbares – ich untersuchte das Ganze genauer.

Richtig. Der Herd war noch angeschaltet auf der zuletzt gebrauchten Kochplatte und darauf hingen festgepappt verschmorte Reste vom Plastik und ein paar klitzekleine Kupfersplitter. Ich hatte doch nicht? – Doch hatte ich. Das Kabel war auf den Herd gefallen und durchgeschmort, was die Sicherung zum Durchknallen getrieben hatte. Nachdem ich dann alles ordentlich gereinigt und die Sicherung noch einmal ausgetauscht hatte, klappte es auch wieder mit dem Strom. Und der Funkenregen kam auch nicht aus dem Bad, sondern aus der Küche. Es war ein sogenannter Kupferdrahtfunkenregen gewesen.

Er ginge nicht in den Laden, um den Elektriker abzubestellen, meinte Junior. Das sei ihm zu doof – da müsse man sich schämen. Hab' ich dann auch, als ich kleinlaut am nächsten Morgen dem Elektroladen deutlich machte, daß ich den Fachmann nun doch nicht mehr brauchte. – Typisch Frau! meinte sein Blick.

Und wenn's mich jetzt mal nach Romantik mit Boss gelüstet, weiß ich was ich anstellen muss, damit kein Computer mehr funktioniert. Und das findet der nie – er ist nämlich technisch noch unbegabter als ich!

›KÜRBISSUPPE VON DER DORLE‹

Zutaten:

1 kg kleingeschnittener Kürbis, 2-3 kleingeschnittene mehlige Kartoffeln, 2l Gemüsebrühe, Salz, frischgemahlener schwarzer Pfeffer, 1 Tasse Sahne, ½ Tasse geröstete Kürbiskerne, Petersilie zum Garnieren.

Zubereitung:

Gemüsebrühe in einen Kochtopf geben, Kürbis und Kartoffeln hinzufügen, würzen und kochen bis die Zutaten weich werden. Mit dem Stabmixer alles pürieren und kurz vor dem Servieren die Sahne unterrühren. Die Kürbissuppe in tiefen Tellern servieren, mit Kürbiskernen und Petersilie garnieren.

›KÜRBISKOMPOTT‹

Zutaten:

500 g kleingeschnittener Kürbis, 1l Orangensaft, 100 g Zucker.
Ein Gewürz-Säckchen binden, bestehend aus: 5 Gewürznelken, ½ Stange Zimt, 5 Pimentkörner, 10 Pfefferkörner, 3 Kardamon Kapseln.

Zubereitung:

Orangensaft, Kürbis und das Gewürz-Säckchen in einem Topf geben und zum Kochen bringen bis die Kürbiswürfeln weich werden. Den Zucker untermischen und abkühlen lassen.
Servieren Sie den Kompott in tiefen Tellern und garnieren Sie die mit Crunberry und Melissenblätter.

Antonia Pauly

AN ALKYONE DENKEN

»**H**abt ihr den Fall der Frau, die aus dem Wasser gezogen wurde, endlich aufgeklärt?«, fragt Vassilis, Elenis Vermieter, dem sie an diesem Abend einen Besuch abstattet. Sie haben an einem einfachen, robusten Holztisch in seiner Küche Platz genommen.

»Ja, den haben wir schon vorige Woche zu den Akten gelegt«, gibt Eleni Auskunft und streicht sich eine dicke Locke aus der Stirn. »Es war - wie du ganz richtig vermutet hast – kein Unfall, sondern Selbstmord.« Sie nimmt einen kräftigen Schluck aus dem Glas, das vor ihr auf dem Tisch steht. Der dunkelgelbe Wein hat einen leicht erdigen Geschmack.

»Alkyone«, bekräftigt Vassilis nun. »Ich musste gleich an Alkyone denken.«

Die unregelmäßig stattfindenden Gespräche der beiden sind für sie nicht nur Entspannung pur, sondern oftmals auch äußerst lehrreich. Der alte Vassilis hat etwas von einem Philosophen. Stets hat er für alle Belange die richtige Lebensweisheit parat und überrascht sie immer wieder mit seinem enormen Fundus an Figuren und Begebenheiten aus der antiken Mythologie. Der betagte Mann nickt nun bedächtig. Sein dichter, schlohweißer Haarschopf mit den bis ans Kinn reichenden Koteletten sticht hell von seiner tiefgebräunten Haut ab.

»Ja, Alkyone liebte ihren Keyx, den König von Trachis, so sehr, dass sie nach seinem Tod nicht mehr weiterleben mochte. So etwas gibt es immer wieder. Menschen, deren Liebe so stark ist, dass sie nur zu zweit überlebensfähig sind.«

Vassilis leert sein Glas, erhebt sich, umrundet einen großen, grauen Hund mit zottigem Fell, der neben ihnen liegt, und geht in die Ecke mit dem Weinfass aus dunklem Holz, das niemals zu versiegen scheint. Dabei dreht er Eleni den Rücken zu und sie bewundert einmal mehr die ruhigen, geschmeidigen Bewegungen seines hageren Körpers. Manchmal, wenn sie ihn im Hof bei seiner Schreinerarbeit sieht, kann sie kaum glauben, wie viel Kraft in diesem schlanken Körper steckt.

Die kleine, aber gemütliche Dachwohnung bei Vassilis in Kryoneri, nur wenige Kilometer außerhalb der Hauptstadt, war wirklich ein Glückstreffer. Der Alte hat den Dachstuhl mit Blick über die felsige Küste und bei klarer Sicht bis zum Festland einst für seine Tochter ausgebaut. Doch diese hat vor Jahren ins Ausland geheiratet und so vermietet er das Apartment. Er selbst lebt in der darunter liegenden Etage. Im Erdgeschoss und im Hof hat er seine Schreinerwerkstatt.

»Du glaubst tatsächlich, dass die Gestalten der antiken Mythologie alle noch heute und überall herumlaufen«, lacht Eleni, um das Thema Liebe nicht näher erörtern zu müssen.

»Selbstverständlich«, erwidert Vassilis ganz ernst. »Alle Irrungen und Wirrungen der menschlichen Seele, denen du zum Beispiel als Kommissarin tagtäglich begegnest, haben in den Mythen ihre Entsprechungen. Möchtest du noch ein Glas Wein?« Fragend schaut er mit seinen leuchtend blauen Augen zu ihr hinüber.

»Ein halbes vielleicht, aber dann gehe ich nach oben.«

»Im Mythos stürzt sich Alkyone ins Meer, doch beide, sie und ihr geliebter Keyx, werden nach ihrem Tod in Eisvögel verwandelt«, erzählt der Gastgeber weiter, füllt das Glas seiner Untermieterin gut zur Hälfte und reicht es ihr.

»Als du mir von dieser Frau berichtet hast, die beim Mikro Nisi angespült wurde und deren Mann wenige Tage zuvor beim Fischen ertrunken war, kam mir gleich dieser alte Mythos in den Sinn.« Bedächtig streicht er sich mit seiner Hand, die von braunen Altersflecken bedeckt ist, über den Bart. »Alkyone und Keyx, musst du wissen, gelten als Sinnbild für treue Gattenliebe.«

»Ach, die gibt es doch heutzutage gar nicht mehr«, stellt Eleni entschieden fest und macht eine wegwerfende Handbewegung.

»Offensichtlich doch, sonst hättet ihr wohl eine Leiche weniger in eurer Jahresstatistik.« Vassilis lächelt weise und Eleni muss zustimmend nicken.

»Da hast du auch wieder Recht.«

»Und woran arbeitest du aktuell? Oder ist es im Moment ruhig auf unserem schönen Eiland?«

»Ruhe kann man das kaum nennen«, beginnt Eleni und erzählt ihrem Vermieter dann detailliert, was sie seit dem vergangenen Vormittag erlebt hat. Vassilis hört aufmerksam und ohne sie zu unterbrechen zu. Als sie mit der Berichterstattung fertig ist, herrscht eine Weile Schweigen, während er sich bedächtig seine Pfeife stopft.

»Armes Zante, schöne Fior di Levante, was ist nur aus dir geworden?«, seufzt er endlich. »Ein scheußliches Verbrechen, fürwahr und ich sehe – so leid es mir tut – im Moment noch nirgendwo ein Motiv. Es sei denn, du traust der jungen Gattin die Tat zu. Dann wäre es wohl ein Verbrechen aus Habsucht.« Er pafft zwei Züge aus seiner Pfeife. »Geldgierige Menschen gibt es jedenfalls mehr, als man glaubt. Ansonsten pass gut auf alle Kleinigkeiten und Randfiguren auf und halte mich auf dem Laufenden.«

Eleni wünscht dem Alten und seinem treuen Hund Herakles eine gute Nacht und geht nach oben in ihr Apartment.

 ›GERÖSTETE ROSMARIN-MANDELN‹

Zutaten:

1 kg Mandeln, 2 EL Rosmarinnadeln, ¼ Tasse Salz.

Zubereitung:

Auf einem Blech Mandeln und Rosmarinnadeln mit einigen Tropfen Wasser mischen. Mit den Händen alles gründlich mischen, so dass die Mandeln an den Oberflächen feucht werden. Dann das ganze mit Salz bestreuen und nocheinmal gut durchmischen. Das Salz soll auf der Oberfläche der Mandeln kleben. Im vorgeheizten Backofen bei 180° C circa 12-15 Minuten rösten. Dabei die Mandeln alle paar Minuten mit einem Löffel umrühren, so dass alle Flüssigkeit entweichen kann. Die Mandeln in Gläser füllen und verschliessen.

Tipp:

Rosmarin-Mandeln eignen sich hervorragend als Snack zu einem Glas Weisswein - oder als Geschenk verpackt in kleine durchsichtige Lebensmittelbeutel und mit Kordeln und Stoffbändern verziert.

Zutaten:

1 kg TK Blätterteig, 200 g Feta, 1 Ei, 2 EL Milch, ½ TL Oregano, ½ TL Thymian, frischgemahlener schwarzer Pfeffer.

Zubereitung:

Blätterteig auftauen lassen und auf der Arbeitsfläche ausbreiten. Feta, Ei, Milch, Oregano, Thymian und Pfeffer in einer Schüssel mischen und dünn auf den Blätterteig streichen. Mit einem scharfen Messer schmale Teig-Streifen davon abschneiden. Diese mit den Händen vorsichtig zu Spiralen drehen und auf ein mit Backpapier ausgelegtes Blech legen. Im vorgeheizten Ofen bei 200° C ca. 15 Minuten goldbraun backen. Das Blech aus dem Ofen nehmen, einige Wassertropfen auf die Stangen sprengen (so werden sie knuspriger) und auskühlen lassen.

Tipp:

Die Blätterteigstangen schmecken hervorragend zu Rotwein. Sie sind aber auch eine gern gesehene Köstlichkeit bei Freunden, wenn sie mit Gruß-karten und bunten Stoffbändern versehen in durchsichtigen Lebensmit-telbeuteln übergeben werden.

Brigitte Münch

›TAGEBUCH DES LOTOPHAGEN‹

6.9.2011

Eine Premiere! Zum ersten Mal in meinem Leben führe ich Tagebuch, ich versuche es jedenfalls. Und dazu noch ganz altmodisch, nämlich handschriftlich: Heute Morgen habe ich mir diese dicke Kladde gekauft und werde nun möglichst täglich Einträge vornehmen. Ich verspreche mir einiges davon. Beim Schreiben wird mir vielleicht das eine oder andere klarer, und vor allem hoffe ich, aus meinem inneren Chaos herauszufinden. Und alte, unbrauchbar gewordene Hüllen abzuwerfen und sie nach Möglichkeit zu vergessen.

Ich habe viel Zeit. Fünf Wochen lang völlig frei, ohne Verpflichtungen, und ohne jede Bindung ... nun ja, ohne Bindung, das war ja nicht ganz freiwillig. Christa ist nun fort aus meinem Leben – d.h. nennen wir es doch beim Namen: sie hat mich verlassen, und ich bin jetzt allein. Ich denke, in einem Tagebuch muss man die Dinge beim Namen nennen, sonst ist es sinnlos und man sollte besser einen Roman schreiben.

7.9.2011

Gestern musste ich erstmal unterbrechen – die Wunde will noch nicht heilen und blutet immer noch. Ich hätte nicht gedacht, wie weh es tut, wenn man es aufschreibt – als würde es erst dann rechtskräftig, wie ein Urteil! Also habe ich die Kladde zugeklappt und bin spazieren gegangen, um mich abzulenken.

Es gefällt mir hier. Vor allem das Meer! Wie schön, wenn der Blick ungehindert bis zum Horizont schweifen kann. Und früh am Morgen gehe ich schwimmen, wenn der Strand noch im Schlaf liegt und kein Mensch weit und breit zu sehen ist. Danach frühstücke ich in einem der Cafés auf der Hafenpromenade. Wie lange ist es her, dass ich mir einen solchen Müßiggang erlaubt habe ... hätte nie geglaubt, dass ich das länger als drei Tage aushalten würde! Und nun geht es auf einmal, jetzt, wo es zu spät dafür ist – zu spät meine ich, um so etwas zu zweit, mit Christa zu genießen. Jahrelang lag sie mir in den Ohren ... *warum können wir nicht auch mal Urlaub machen wie alle normalen Menschen?* Ja ... das Geschäft, das Geschäft. Arbeit, Verantwortung, Termine, Stress – es ließ mir keine Zeit. Viel zu wenig für gemeinsame Stunden, und schon gar nicht für Urlaub. Verschieben, immer wieder, von einem Jahr zum nächsten ...

So viele Pärchen sieht man hier, die Hand in Hand durch den Ort schlendern. Und ich streiche wie ein einsamer Wolf zwischen ihnen umher. Wie komme ich jetzt auf solche Ausdrücke? Ich bin ungeübt im Schreiben. Muss wohl aufpassen, dass ich nicht in irgendwelchen Kitsch abrutsche ...

8.9.2011

Heute bin ich seit einer Woche hier. Und seit drei Tagen führe ich dieses Tagebuch – viel ist dabei ja noch nicht herausgekommen, es braucht wohl Geduld. Auch so etwas, das ich erst noch lernen muss.

Jetzt sitze ich auf dem Balkon und schaue zu, wie die Sonne untergeht. Christa würde das gefallen. Wo mag sie jetzt sein? Vielleicht sitzt sie ja auch gerade irgendwo auf irgendeinem Hotel-Balkon, mit ihrem neuen Freund, und schaut in die untergehende Sonne ... wer weiß. Sie wollte doch immer in dieses Land ... *und wo dein Vater doch Grieche war! Verstehe ich nicht, dass es dich nicht mal dorthin zieht.* Je öfter sie das sagte, desto mehr sperrte ich mich. Warum? Wenn ich das wüsste ... Ja, der Papa kam von hier. Aber er hatte ja selbst nicht mehr sein Heimatland besucht, seit seine Großeltern tot waren. Er hielt nicht viel davon. War fast noch ein Kind, als er nach Deutschland kam und wurde beinahe schon deutscher als die Deutschen! Und ich ...? Wer oder was bin ich eigentlich? Jetzt bin ich hier, im Land meines Vaters, stottere mehr schlecht als recht die Sprache, alles ist neu für mich – und irgendetwas hier kommt mir dennoch vertraut vor. Ich könnte gar nicht sagen, was ... Die Atmosphäre? Das Meer? Aber aus welchem Grund? Vielleicht ist es der Klang der Spra-

che. Ich spreche sie ja nur mangelhaft, aber der Papa hatte die Ange-
wohnheit, mit sich selbst in Griechisch zu reden, und auch, wenn er wü-
tend war – dann fluchte er in seiner Muttersprache, sodass kein Mensch
ihn verstand. Und wenn er etwas zählen oder ausrechnen musste, auch
das tat er auf Griechisch. Daher ist der Klang mir von Kind auf vertraut.

Aber ist das alles?

Jetzt ist die Sonne hinter der Nachbarinsel abgetaucht und der Himmel darüber ein Feuermeer. Hier sieht man das jeden Tag, und zu Hause
weiß ich nicht mal, wo die Sonne überhaupt auf- und untergeht. Ist schon
eine andere Welt hier …

9.9.2011

Heute Morgen am Yachthafen entlanggeschlendert. Gut, dass ich im
letzten Moment noch daran gedacht hatte, meinen alten Segelschein
einzustecken! Ich werde mir irgendwann in den nächsten Tagen mal eine
kleine Jolle mieten. Ich hoffe, ich kann das noch … es ist verdammt lange
her, dass ich gesegelt bin! Das war ja noch in Jugendzeiten. Aber es heißt
ja, dass man Fahrradfahren nicht verlernt, mit dem Segeln wird es wahrscheinlich auch so sein.

Wenn der Papa noch lebte und mich hier sehen könnte! Hier denke
ich viel mehr an ihn als zu Hause – aber das ist wohl natürlich. Wir hätten
doch mal zusammen hierher kommen sollen … aber auch das ist nun zu
spät. Auch er hat viel zu viel gearbeitet, und das hat ihn vor der Zeit das
Leben gekostet. Und nun hatte ich ja auch schon eine kleine Vorwarnung
… das nervöse Herz muss ich von ihm geerbt haben. Und dann kam auch
beides zusammen: Überarbeitung und dazu der Stress mit Christa … das
war zuviel des Guten. Aber ohne das wäre ich jetzt nicht hier: Was Christa
nicht schaffte, hat das protestierende Herz schließlich geschafft. Das
heißt, letztlich hatte sie ja doch ihren Anteil daran, wenn auch nur indi-
rekt. Aber davon hat nun keiner mehr was, oder zumindest nicht mehr
wir beide.

Immerhin, es scheint mir ganz gut zu bekommen. Das Geschäft weiß
ich für fünf Wochen in guten Händen (auf einmal geht sowas!), und ich
kann in aller Ruhe frische Kräfte tanken. Und mal völlig abschalten …

kein Notebook, kein Smartphone habe ich mitgenommen, nur ein einfaches Mobiltelefon für Notfälle. Und vielleicht gelingt es mir sogar, Christa zu vergessen ... oder doch wenigstens ihren Verlust zu überwinden, das ist das Wichtigste überhaupt! Denn wo vorher Ordnung und eine gewisse Selbstverständlichkeit in meinem Innern geherrscht hatten, hat ihr Weggang alles auf den Kopf gestellt. Als hätte ein Einbrecher dort gewütet, sämtliche Schränke durchwühlt, Schubladen herausgerissen und ausgekippt und die gesamte Einrichtung verwüstet. Und nun stehe ich in dem Chaos und kann noch nicht einmal überblicken, ob und was überhaupt fehlt. Außer Christa natürlich ...

10.9.2011

Seit Tagen weht ein starker Wind, da traue ich mich nicht raus mit einer Jolle, zumal ich inzwischen zu lange aus der Übung bin. Aber es soll besser werden, sagte man mir. Ich habe ja Zeit ... Ein bisschen habe ich schonmal die Karte studiert und mir ein paar Ziele ausgeguckt. Nicht weit – in Landnähe an den Küsten entlang, zu netten kleinen Buchten, die man nur vom Wasser aus erreicht, und vielleicht zu einer der nahgelegenen Nachbarinseln hinüber, je nach Wetterlage. Ich freue mich schon darauf! Ein Erfolg: der erste Funken Freude, den ich seit vielen Wochen empfinde! Obwohl er schon gleich wieder gedämpft wird durch den Gedanken, wieviel schöner das hier alles mit Christa wäre ... aber ich drehe mich ja im Kreis. Nur ich selbst bin schuld daran: Ich hätte es längst mit ihr zusammen haben können, was mir ja angeblich nie möglich war. Bis sich schließlich ein anderer fand, der genug Zeit für sie hat ... Jetzt gilt es, sich mit all dem abzufinden.

11.9.2011

Sonntag. Kam heute Morgen gerade zur Stunde des Gottesdienstes an der Hauptkirche des Ortes vorbei. Die beiden Flügel des großen Portals standen weit offen, eine Wolke von Weihrauch breitete sich davor aus und die Leute quollen bis nach draußen. Die meisten von ihnen in Sonntagskleidung, überwiegend schwarz. Erstaunlich, wie stark man hier noch mit der Religion verbunden ist – unsere Pfarrer zu Hause würden vor Neid erblassen, wenn sie die vollen Kirchen sähen!

Der Wind bläst immer noch zu heftig, um ein Boot zu mieten. Um mich von meiner Ungeduld abzulenken und um mal was anderes zu sehen, bin ich mittags mit dem Bus in eins der Bergdörfer raufgefahren und ein bisschen durch die Olivenhaine spaziert. Gern wäre ich mal auf einen Gipfel gestiegen. Aber ich soll mich ja noch nicht allzu sehr anstrengen, und außerdem wäre es mir doch noch zu heiß dafür. Auch so hatte ich einen schönen Blick: Die kleine Dorftaverne, in der ich zum Essen einkehrte, lag direkt über einem Abhang, von dem aus man über die Bergrücken bis zum Hauptort und den Hafen schauen konnte. Und dann übers Meer bis zum Horizont ...

Ich habe lange dort gesessen. Und nachgedacht ... An einem der anderen Tische saß ein Mädchen, oder eher: junge Frau, offensichtlich auch Touristin. Allein, und hübsch ... Es wäre doch eigentlich das Beste, bald mal etwas Neues anzufangen. Die beste Medizin, wie man so sagt. Aber ... ich weiß auch nicht, es reizt mich einfach nichts. Und ich habe doch schon so einige alleinreisende und attraktive Frauen hier gesehen, und manche hätte ich leicht ansprechen können. Vielleicht komme ich auch in diesem Punkt nach Papa: Der hatte in seinem ganzen Leben nur eine einzige Frau, die Mama! Und niemals Augen für irgendeine andere gehabt. Zumindest behauptete er das – aber es gab keinen Grund, das nicht zu glauben. Und bei mir scheint das nun genau so zu sein ... Ob die Griechen wohl besonders anhänglich und treu sind? Es heißt aber doch, dass gerade die Südländer eher flatterhaft sind und es mit der Treue nicht so genau nehmen. Allerdings: bin ich denn ein Südländer? Erstmal fließt nur zur Hälfte griechisches Blut in meinen Adern. Und dann muss man ja wohl in diesen Breiten groß werden, um sich dazuzählen zu können. Außer meinen dunklen Haaren und braunen Augen habe ich doch absolut nichts Mediterranes an mir. Vor allem nicht *in* mir! Oder?

12.9.2011

Ich bin zu dem Schluss gekommen, dass ich endlich mal einen radikalen Strich unter alles ziehen muss. Es bringt doch nichts, ständig der Vergangenheit hinterher zu jammern. Christa ist Vergangenheit. Punktum. Und auch meine Lebensweise muss Vergangenheit werden: weniger arbeiten, mehr leben! Ich habe alles falsch gemacht, ich muss alles hinter mir lassen, vergessen und ganz neu anfangen. Nur wie?

Morgen, hat man mir gesagt, soll ideales Wetter herrschen für kleine Segelboote: nicht zu windig, aber auch nicht ganz windstill. Werde gleich zum Hafen gehen und mir eins reservieren lassen. Und dann werde ich meinen ganzen alten Ballast über Bord werfen!

13.9.2011, *am Morgen*

Die Jolle ist bereit – sie heißt ›Aiolos‹, wie nett! Das war der Gott der Winde, ich hoffe, er ist mir günstig! Habe einen kleinen Rucksack gepackt und Schlafsack, Badesachen, Wasser, etwas Obst und ein paar Kekse zum Knabbern verstaut – und natürlich auch mein Tagebuch eingesteckt. Und nun kann es losgehen!

13.9.2011, *mittags*

Fühle mich großartig! Es ist tatsächlich so: Man verlernt das Segeln genauso wenig wie das Radfahren, alles klappt wie am Schnürchen. Es geht ganz leicht, und vor allem macht es unbändigen Spaß! Mache gerade eine Pause in einer kleinen, einsamen Bucht, wie ich sie mir vorgestellt hatte: feiner weißer Sand mit bunten Kieseln, glasklares, türkisfarbenes Wasser, spiegelglatt! Rundum ist sie von hohen, steilen Felswänden eingeschlossen, man kann sie also nur vom Meer her erreichen. Habe die Jolle an einer Felsspitze angebunden und bin erstmal ausgiebig geschwommen. In Strandnähe sah ich zwei große Seesterne auf dem Grund, die gemächlich über Sand und Seetang spazierten. Die bringen mir Glück, dachte ich sofort.

Welches Glück ...?

Vorläufig gebe ich mich mit dem Glück des Augenblicks zufrieden. Vielleicht ist das überhaupt das einzige Glück, das wir erlangen können? Zweiter Entschluss, nach dem Strich unter die Vergangenheit: Ich versuche, nur in der Gegenwart zu leben und erstmal auch jeden Gedanken an die Zukunft auszuklammern. Nur so, denke ich, komme ich im Moment weiter.

13.9.2011, *am frühen Abend*

Bin bis zur Südspitze der Insel weitergesegelt und mache nun Station in einem kleinen, verschlafenen Fischerdörfchen. Es ist eher eine lose Ansammlung von geduckten Häuschen und für Touristen offenbar noch nicht so richtig erschlossen. Es hat aber einen winzigen Hafen, wo ich die Jolle festmachen konnte, und es gibt ein Kafenion, das gleichzeitig als Ouzerie und Grillstube fungiert, und das ist das Wichtigste! Hier sitze ich jetzt, bei einem Schoppen Wein, warte auf meinen gegrillten Fisch und führe Buch. Jetzt müsste ich es ja eigentlich ›Logbuch‹ nennen!

Zu spät habe ich gemerkt, dass ich zwar an alles gedacht hatte, was ich auf meinem kleinen Trip brauche, mein Mobiltelefon aber habe ich dummerweise im Hotelzimmer vergessen. Mitsamt der kleinen Gürteltasche in der es steckte - so wie auch mein Personalausweis. Nun ja, wie lange werde ich schon mit dem Boot unterwegs sein – zwei, vielleicht drei Tage, wenn's hoch kommt. Es wird ja wohl nicht gerade jetzt irgendwas passieren im Geschäft, und einen Ausweis brauche ich auf dem Meer auch nicht. Zum Glück hatte ich wenigstens morgens früh noch die Geldscheine herausgenommen, sonst müsste ich mich jetzt von den paar Keksen ernähren oder wieder umkehren!

Die Sonne hat sich gerade hinter den Bergrücken zurückgezogen und den Himmel darüber schon leicht rosa gefärbt. Das Meer ist noch tiefblau. Neben dem kleinen Hafen erstreckt sich ein von Seekiefern gesäumter Kieselstrand. Dort werde ich später, unter einem der Bäume, meinen Schlafsack ausrollen und die Nacht verbringen. Unglaublich ... hätte ich sowas noch vor ein, zwei Monaten für möglich gehalten? Wann habe ich zuletzt unter freiem Himmel geschlafen – als Schüler im Zeltlager!

Morgen früh will ich zu einer der kleinen Nachbarinseln hinüber. Und jetzt stärke ich mich mit Fisch und gerösteten Kartoffeln!

14.9.2011, *am Morgen*

Habe wunderbar geschlafen! Und noch vor dem Sonnenaufgang wurde ich wach und bin genau in dem Moment ins Wasser gesprungen, als die Sonne aus dem Meer hervorbrach. So sollte man jeden Tag beginnen!

Jetzt trinke ich meinen Kaffee in dem kleinen Kafenion und werde gleich zur Weiterfahrt aufbrechen. Zu neuen Ufern ...

14.9.2011, *am Nachmittag*

Irgendwas ist schiefgelaufen. Ich muss, mitten auf der Fahrt, für eine Weile eingeschlafen sein – merkwürdig. Wie konnte das passieren? Jedenfalls fand ich mich, als ich mit einem Ruck wach wurde, regelrecht an einem fremden Gestade gestrandet! Ein Strand wie aus dem Märchen, mit schneeweißem Sand und von unzähligen, sich tief neigenden Palmen gesäumt, als verneigten sie sich ehrfürchtig vor Poseidon, dem Herrn des Meeres! Aber völlig menschenleer, obwohl es doch mitten am Tag ist. Es ist jetzt vollkommen windstill, auch der Gott Aiolos muss eingeschlafen sein.

Ich sprang dann aus dem Boot und zog es weiter den Strand hinauf, fand auch eine Art Pflock, an dem ich es festbinden konnte. Und nun sitze ich erstmal hier und führe ›Logbuch‹. Zuerst dachte ich, dass ich auf der kleinen Nachbarinsel gelandet bin, die ich angesteuert hatte. Allerdings bin ich, soweit mein Auge reicht, vom offenen Meer umgeben, weit und breit ist kein anderes Land, keine Insel zu sehen. Möglicherweise bin ich zur anderen Seite dieses Inselchens getrieben worden, während ich schlief, und meine Urlaubsinsel ist von hier aus nicht sichtbar? Wenn ich aber auf der Karte nachschaue, müssten auch von der anderen Seite aus Inseln zu sehen sein. Rätselhaft!

Weitersegeln hat im Augenblick keinen Sinn, es geht kein Lüftchen. Werde die ›Aiolos‹ erstmal hier lassen, meinen Rucksack nehmen und die Gegend erkunden. Bin mal gespannt, wo ich gelandet bin!

14.9.2011, *abends*

Es wird immer rätselhafter, ich werde nicht klug aus der Geschichte. Jetzt sitze ich in einer kleinen Taverne, oder besser: davor, unter einer ausladenden Platane und versuche, meine Gedanken und Erlebnisse zu ordnen.

Vom Strand aus, an dem ich das Boot zurückgelassen habe, bin ich landeinwärts gelaufen. Zuerst ging es über trockene Wiesen, dann durch Olivenhaine und Weingärten, irgendwann kam ich an einem großen, von hohem Schilfrohr umgebenen, fast zugewachsenen Teich vorbei. Ich begegnete keinem Menschen. Schließlich führte ein sandiger Weg zu ersten Häusern und in einen Ort. Er unterschied sich im Wesentlichen nicht von den mittleren bis größeren Ortschaften auf meiner Urlaubsinsel. Allerdings: Jetzt sah ich wohl ein paar Menschen, aber nicht die leiseste Spur von touristischem Leben und Treiben. Hier scheinen die Einheimischen noch völlig unter sich zu sein! Ich ging eine Weile umher und sah mich um. Merkwürdige Atmosphäre ... ich fühlte mich ein bisschen wie im Traum, wo sich alles etwas langsamer, oder wie durch einen Dunstschleier bewegt. Hier und da saßen Leute vor ihren Häusern, in ihren Gärten, andere liefen ohne jede Eile durch die Gassen – es sah aus, als hätte niemand irgendetwas zu tun. Es herrschte Stille und Schweigen.

Auf einem kleinen Platz mit einem verträumten Brunnen in der Mitte entdeckte ich schließlich diese einfache Taverne, mit ein paar wenigen Tischen unter den großen Platanen. Und ließ mich erschöpft nieder. Außer mir sah ich keinen einzigen Gast – ich hoffte, dass es etwas zu essen gäbe, denn ich war inzwischen bärenhungrig. Bald kam auch der Wirt heraus. Er sah mich freundlich lächelnd, aber schweigend an. Zuallererst fragte ich ihn nach dem Namen dieser Insel. Darauf nannte er einen so merkwürdigen, langen, mir unverständlichen Namen, dass ich dreimal nachfragen musste. *Lethelimanochori ...?* falls ich es jetzt richtig im Kopf habe. Er war mir bislang jedenfalls völlig unbekannt, und ich fand ihn auch nicht auf der Karte, die ich dann auseinanderfaltete. Ich bat ihn, mir die Insel darauf zu zeigen. Zu meiner großen Verblüffung aber sagte er bedauernd, nachdem er einen flüchtigen Blick auf die Karte geworfen hatte:

»Es tut mir leid, aber ich kann so etwas nicht lesen.«

Allmählich überlegte ich, ob ich am Ende immer noch schliefe und seltsame Träume habe. Aber auch ein verstohlenes Kneifen in meinen Arm brachte keine Änderung ...

Nun wollte ich erstmal etwas essen und fragte nach Fisch. Sofort erlosch das freundliche Lächeln und es malte sich stattdessen Befremden auf dem Gesicht des Wirts.

»Fisch? Verzeih, aber so etwas essen wir hier nicht ... das sind doch Lebewesen, und dafür müsste man sie ja töten!«

Großer Gott, wo war ich hier bloß gelandet?! Auf einer Insel von Vegetariern?

»Okay«, lenkte ich dann ein. *»Was gibt es stattdessen?«*

»Gemüse, Salat und Früchte natürlich«, kam die Antwort sofort.

»Gibt es denn wenigstens Wein?«

Jetzt lächelte er wieder.

»Aber selbstverständlich! Was denn sonst!«

Na, wenigstens das, dachte ich, und erklärte ihm dann, er solle mir Wein bringen, und zum Essen, was er halt da habe. Er ging hinein und kam schon bald mit einer gläsernen Karaffe dunkelgelben Weins zurück. Kurz darauf brachte er einen Korb mit Brot und einen kleinen Teller mit dunkelgrünem Salat, oder Gemüse – bei näherem Hinsehen war es eher Gemüse, denn es schien gekocht oder gedünstet zu sein. In der Mitte waren, wie in einem Nest, wohl die Blüten oder Knospen des Gemüses angeordnet, dattelähnlich in der Form, aber ohne Kern, wie ich bald darauf feststellte. Auf meine Frage, was das sei, sagte der Wirt:

»Lotos natürlich.«

»Lotos ...? Ich wusste nicht, dass man das essen kann! Außer ...« ich musste nun lachen, *»außer in der Sage der Odyssee natürlich!«*

Der Wirt lächelte nachsichtig, so als hätte ich angezweifelt, dass Brot essbar ist.

»Es ist ja nur die übliche Vorspeise«, sagte er dann, *»das Hauptgericht kommt gleich.«*

Neugierig probierte ich eine Gabel voll von dieser dunkelgrünen Vorspeise. Es war wohl nur kurz angedünstet, da es noch einen knackigen Biss hatte. Ein aparter Geschmack: leicht bitter, ähnlich wie Rucola. Die

Blüten oder Knospen aber waren von einer geradezu exotischen Süße, die erstaunlich gut mit der leichten Bitterkeit des Grünzeugs zusammenpasste. Jedenfalls war es so gut, dass ich den Teller schon bald restlos geleert hatte.

Auch der Wein hatte eine pikante Note: schwer und fruchtig, wie eher aus tropischen Früchten gemacht als aus Trauben. Ungewöhnlich, aber sehr wohlschmeckend!

Das angekündigte Hauptgericht bestand dann aus einer Platte mit verschiedenen Salaten und diversem Gemüse, einiges davon war mir unbekannt. Dazwischen lagen, wie zur Auflockerung, frische Feigen und Datteln, und es gab nochmal Brot als Beilage dazu und ein Schälchen mit gerösteten Körnern.

Auch dies schmeckte alles etwas fremd, aber ausgezeichnet. Mir fehlte nichts, auch wenn ich vorher Appetit auf Fisch oder Fleisch gehabt hatte: er war einfach verflogen. Während ich aß, kamen noch zwei Pärchen, die zwei von den übrigen Tischen besetzten – sie schienen das Gleiche, oder doch etwas Ähnliches zu bekommen wie ich. Inzwischen erklang Musik aus dem Innern der Taverne, aber so gedämpft, dass man sie gerade eben wahrnahm. Auch der Klang dieser Musik kam mir merkwürdig exotisch vor, so wie der Geschmack des Essens und des Weins!

Und jetzt sitze ich hier immer noch, bei einem letzten Glas Wein und überlege, was ich als nächstes tun werde.

15.9.2011

Wohin bin ich hier nur geraten? Der Verdacht, dass ich womöglich schlafe und einen seltsamen Traum habe, wird zunehmend zwingender ... Nur werde ich absolut nicht wach, was immer ich auch anstelle! Oder es ist eben tatsächlich Realität ...

Es ist früh am Morgen, und ich sitze in dem Garten hinter der Taverne, in der ich gestern zu Abend gegessen habe. Der Wirt hat mir hier sein Gartenhäuschen zum Übernachten zur Verfügung gestellt. Sehr idyllisch, von einem riesigen Feigenbaum überschattet und vollkommen ausreichend für meine augenblicklichen Bedürfnisse. Dazu gehört aber folgende

Vorgeschichte: Als ich ihn gestern Abend nach dem Essen fragte, was ich ihm schuldig sei, antwortete er mir mit einer Gegenfrage:

»Was kannst du denn?«

Etwas verwirrt hakte ich nochmal nach: *»Ich meinte: was habe ich zu zahlen?«*

»Zahlen ...« wiederholte er und sah nachdenklich in die Luft, als müsse er über den Sinn dieses Wortes nachdenken. Dann fuhr er fort: *»Du bist fremd hier ... Ich weiß nicht mehr, wann wir hier zuletzt den Besuch eines Fremden gehabt haben. Es ist jedenfalls so: Es gibt nichts zu ›zahlen‹, wie du das nennst. Du hast bei mir gegessen, dafür bin ich da. Und ich brauche dich vielleicht für etwas, was ich nicht kann, oder für etwas, wobei du mir helfen könntest. Verstehst du jetzt?«*

Ach so! Hier scheint es also keine Zahlungsmittel mehr zu geben, sondern man hat das System des Tauschhandels, oder der Tauscharbeit eingeführt ... Davon hatte ich schon mal gelesen. Allerdings meine ich, dass dieses Experiment in einem ganz anderen Land, in irgendeinem Ort in Skandinavien oder England ausprobiert wird. Egal, nun hatte ich verstanden. Vielleicht war das hiesige Experiment ja noch nicht über die Grenzen hinaus bekannt geworden?

»Was ich kann ...« sagte ich nun, *»ich bin sehr versiert mit Computern! Falls es da gerade ein Problem gibt, oder ein neues Programm installiert werden soll ...«*

Der Wirt schaute verständnislos und schüttelte schließlich leicht den Kopf.

»Ich weiß nicht, was das ist, so etwas habe ich nicht. Kannst du denn Wein treten?«

»Wein treten ...?«

»Nun ja – die geernteten Weintrauben mit den Füßen zerstampfen? Ich könnte da im Moment Hilfe gebrauchen.«

Um es kurz zu machen: Ich ging darauf ein! Warum denn nicht – eine ganz neue Erfahrung, so etwas hatte ich in meinem Leben noch nie gemacht! Und da ich ja noch keine Bleibe hatte, bot mir der Wirt – er heißt Fanis, wie ich nun weiß – sein Gartenhäuschen an. Und jetzt warte ich darauf, dass er mich zum Weintreten abholt ...

16.9.2011

Was für ein erfüllter Tag war das gestern, wie habe ich diese für mich völlig neue Betätigung genossen! Vermutlich trug auch der köstliche Duft der zu Brei zerstampften Trauben dazu bei, der mich nahezu in einen Rausch versetzte! Diese Trauben, gold-gelb und fast so groß wie Datteln, deren würziges Aroma dem Wein hier eine so exotische Note verleiht.

Abends, nach getaner Arbeit, saß ich wieder an demselben Tisch unter der Platane, stillte meinen Hunger mit dem üblichen Lotos, Brot und Gemüse und trank den dunkelgelben Wein dazu. Und eine Zufriedenheit breitete sich in meinem Innern aus, wie ich sie schon lange nicht mehr empfunden habe! Fanis hat noch mehr Beschäftigungen für mich, und ich kann fürs Erste in seinem Gartenhäuschen bleiben. Welches Glück, dass die Winde mich gerade hierher geweht haben ... Aiolos sei Dank!

18.9.2011, *am Nachmittag*

Die Stunden gehen dahin und sind mit wunderbaren Beschäftigungen ausgefüllt. Gestern habe ich zum ersten Mal vergessen, etwas ins Tagebuch einzutragen ... im Augenblick ist es vielleicht auch gar nicht so wichtig. Das heißt, es gibt zurzeit gar nichts, was ich mir durch Aufschreiben klarmachen müsste. Ich fühle mich ausgeglichen!

Heute habe ich den halben Tag Feigen aufgefädelt und zum Trocknen aufgehängt. Danach bin ich ein bisschen spazieren gegangen. Hinter dem Ort erheben sich ein paar sanfte, von Zypressen bewachsene Hügel. Einen davon stieg ich hoch, und von seiner Spitze aus konnte ich bis zum Meer hinüber schauen. Dabei fiel mir plötzlich ein: Wie bin ich eigentlich hierher gekommen? Mit einer Fähre? Aber wo ist der Hafen, die Anlegestelle? So schnell bin ich in das Leben hier eingetaucht, dass ich das ganz vergessen habe ... muss nachher mal herausfinden, wo der Küstenort mit dem Hafen ist.

18.9.2011, *abends*

Du lieber Gott, wie dumm von mir! Ich brauchte doch nur im Tagebuch ein bisschen zurückzublättern – und schon fand ich heraus, dass ich mit einer Jolle namens ›Aiolos‹ hier gestrandet war. Wie habe ich das nur vergessen können? So abgelenkt war ich also inzwischen! Nur: Von meiner ›Urlaubs-Insel‹ bin ich losgefahren ... aber ich nenne sie im Tagebuch nirgendwo beim Namen. Welche Insel war es denn? Wie heißt sie? Ich zerbreche mir schon seit Stunden den Kopf, aber es will mir nicht einfallen. Und wo war ich überhaupt davor ...?

Werde morgen früh jedenfalls mal zu dem Strand gehen, wo ich das Bötchen festgemacht habe, es sind doch sicher noch ein paar Sachen von mir darin. Und nach all den Tagen hier muss ich doch sowieso mal nach dem Rechten sehen. Mir ist immer noch schleierhaft, wie ich die Jolle am Strand so völlig vergessen konnte!

22.9.2011

Richtig, ich führe ja ein Tagebuch! Ist mir erst wieder eingefallen, als ich es auf dem Stuhl hier unter einem T-Shirt fand. Ich habe ein bisschen darin geblättert und hier und da ein paar Zeilen gelesen, aber manches erscheint mir merkwürdig, wie von einer anderen Person geschrieben. Vielleicht habe ich es mehr für Gedankenspiele benutzt als zum Notieren tatsächlicher Ereignisse? Möglicherweise wollte ich mich im Schreiben üben ... na ja, kann ja nicht schaden.

Ich habe mich ganz gut eingerichtet in dem Gartenhäuschen, Fanis braucht es vorläufig nicht. Heute Morgen habe ich angefangen, einige Stellen im Garten umzugraben, wir wollen Zwiebeln und Knoblauch pflanzen. Danach bin ich schwimmen gegangen, ich habe nämlich gestern einen wunderschönen Strand entdeckt! Man muss ein halbes Stündchen bis dorthin laufen, aber das stört mich nicht, im Gegenteil. Der Weg führt so schön durch Weingärten und Olivenhaine, und auch an einem stillen Teich mit hohem Schilfrohr kommt man vorbei, wo der Lotos wächst. Auf dem Rückweg pflückte ich ein paar Handvoll und brachte sie Fanis mit. Er braucht ja ständig Nachschub in der Küche.

Der Strand ist von Palmen gesäumt, der Sand fein wie Mehl und auch genauso weiß. Das Wasser glasklar und von einem hellen Türkis, das weiter draußen in tiefes Blau übergeht ... es ist eine Wonne, da hineinzuspringen! Ich war völlig allein dort. Ab und zu muss aber wohl jemand da sein: An einer Stelle, in der Mitte ungefähr, sah ich ein kleines Segelboot, das den Strand hinaufgezogen und dort angebunden war. Ich bin nicht näher hingegangen, wollte nicht indiskret sein. Vielleicht lag der Eigentümer ja gerade dort drin und schlief? Dann hätte ich ihn womöglich zu Tode erschreckt!

25.9.2011

Immer wieder vergesse ich diese Kladde! Aber nun habe ich auch etwas, das sich zum Aufschreiben lohnt: Ich habe eine junge Frau kennengelernt ... mein Gott, sie ist so schön! Nefeli heißt sie, und irgendwie, ganz entfernt erinnert sie mich an jemanden, den ich mal kannte – aber ich komme nicht mehr darauf, an wen. Ist auch egal. Ich glaube, wir haben uns auf den ersten Blick ineinander verliebt! Sie kommt hin und wieder zu Fanis zum Essen, dafür bessert sie bei Bedarf seine Kleidung aus. Sie ist, sagte Fanis, die Schneiderin des Ortes und kleidet die Leute ein.

Gestern Abend bat ich sie an meinen Tisch, und sie setzte sich ohne weiteres zu mir. Sehr schnell kamen wir uns näher ... Auch sie ist allein wie ich und freute sich über die Gesellschaft.

»Es gibt doch kaum etwas Traurigeres, als allein zu essen. Findest du nicht auch?«, sagte sie.

»Aber wie kommt es denn«, fragte ich sie, »dass jemand wie du allein ist?«

Sie hatte bis vor einiger Zeit einen Freund, erzählte sie dann. Aber eines Abends ertappte sie ihn durch Zufall mit einer anderen und trennte sich daraufhin von ihm. Ich hob die Hand und streichelte sanft durch ihre dunkelbraunen Locken.

»Wie kann jemand, der dich hat, denn nur Augen für eine andere haben?«, sagte ich und meinte es ganz und gar nicht als Kompliment, sondern im vollen Ernst.

Sie zuckte mit den Schultern.

»Es gibt immer irgendetwas, was ein anderer oder eine andere einem voraus hat – dagegen ist man machtlos.«

Wir saßen bis in die späte Nacht unter der Platane ...

12.10.2011
Das Tagebuch ... ich habe es ganz vernachlässigt!

Nefeli und ich werden zusammenziehen. Das Gartenhäuschen ist natürlich zu klein für uns beide, und auch Nefeli hat nur ein Zimmer und eine winzige Nähstube. Aber wir haben schon das passende Haus gefunden, das Platz genug für uns hat! Eine alte Frau lebte noch darin, die jetzt etwas hinfällig wurde und zu ihrer Tochter gezogen ist, und dadurch ist es frei geworden. Es muss nur ein bisschen renoviert werden, aber das schaffen wir in ein paar Tagen. Einen großen Garten hat es auch, es wird uns also an nichts fehlen. Im Moment ist er wohl etwas vernachlässigt und verwildert und muss wieder auf Vordermann gebracht werden, das bedeutet einiges an Arbeit. Aber gibt es denn etwa eine schönere Arbeit? Und es ist doch alles für uns!

Fanis freut sich sehr über unser Glück, ist aber auch ein bisschen traurig: Er war so an meine Gesellschaft gewöhnt. Ich habe ihn getröstet: Wir sind doch nicht aus der Welt, und ich werde immer für ihn da sein, wenn er mich braucht. Und wir werden regelmäßig bei ihm essen. Es ist doch der Platz, an dem Nefeli und ich uns kennengelernt haben, wo unser Glück seinen Anfang genommen hat! Und wenn ich jetzt gerade so darüber nachdenke: wie lange habe ich eigentlich bei Fanis gewohnt? Und seit wann kenne ich ihn schon? Ich könnte es gar nicht sagen ... vermutlich kenne ich ihn doch schon immer, mein Leben lang. Merkwürdig, wie mir eine solche Frage in den Sinn kam.

Später
Diese Frage verfolgte mich den ganzen Tag. Denn sie warf andere Fragen auf ... zum Beispiel, ob ich eigentlich an diesem Ort hier groß geworden bin, oder war es woanders? Ich lebe schon so lange hier, dass ich es gar nicht mehr genau weiß. Manchmal blitzen Bilder vor meinem inneren Auge auf, die mir gleichermaßen fremd wie bekannt erscheinen – aber ich könnte nicht sagen, woher sie kommen. Aus einem früheren Leben? Wahrscheinlich. Die wandernde Seele bewahrt in ihren Tiefen Bilder aus vergangenen Verkörperungen auf, und manchmal steigen sie für Bruchteile von Sekunden an die Oberfläche und verwirren uns ... schade, dass sie

nie länger und deutlicher verweilen! Wäre doch spannend, mal einen Einblick in sein voriges Leben zu bekommen.

3.12.2011

Habe heute etwas in der Kommode gesucht und bin dabei auf diese Kladde gestoßen. Merkwürdig ... Es scheint so etwas wie ein ... ich würde sagen: *Tagesnotierbuch* zu sein, und tatsächlich stammen ein paar Eintragungen, die letzten, von mir. Als ich sie durchlas, erinnerte ich mich auch wieder daran. Bevor Nefeli und ich in unser Haus zogen, habe ich noch Notizen gemacht – danach habe ich es über der vielen Arbeit in Haus und Garten vergessen. Ich frage mich nur: wem hat es ursprünglich gehört? Wer hat es angefangen? Das kann ja nicht ich gewesen sein: Mit Ausnahme der letzten Notizen ist nämlich alles in einer fremden, mir unverständlichen Sprache geschrieben.

Ich setzte mich hin und überlegte. Habe ich es mal irgendwo gefunden? Und, da es erst knapp zur Hälfte beschrieben war, einfach für mich behalten und für eigene Notizen benutzt? Ist ja eigentlich eine gute Idee, solche täglichen Berichte aufzuschreiben. Also habe ich jetzt gleich mal damit angefangen.

Ich fragte Nefeli später, ob sie weiß, woher diese Kladde ursprünglich stammt. Aber nachdem sie darin geblättert hatte, verneinte sie. Auch ihr ist diese Sprache unbekannt. Schade, dass kein Name darin steht, das würde das Rätsel womöglich lösen. Und schade, dass man die Einträge nicht lesen kann ... es wäre doch sicher ganz interessant! Vielleicht kommt ja irgendwann mal jemand vorbei, der die Sprache kann. Obwohl: wann hat man hier zuletzt einen Fremden gesehen?

Auf jeden Fall werde ich die Kladde nicht in die Kommode zurücklegen, sondern von jetzt an auf meinem Nachttisch aufbewahren und als Tagesnotierbuch weiterführen. Es ist sicher von Nutzen, seine Gedanken zu ordnen und die Ereignisse seines Lebens schriftlich zu formulieren und festzuhalten. Da hat man doch später im Alter etwas, worin man blättern und lesen kann wie in einem eigenen Lebensbuch, und nichts fällt der Vergessenheit anheim. Und dann stelle ich mir schon vor, wie man eines Tages seinen Kindern daraus vorliest ... das erste ist schon unterwegs!

›WARMER GEMÜSESALAT MIT KAKI-VINAIGRETTE‹

Zutaten:

1 kg gemischtes gekochtes Gemüse bestehend aus Blumenkohl, Broccoli, Kartoffeln, Zwiebeln, Karotten oder Rote Beete.

Für die Kaki-Vinaigrette:
2 Kaki-Früchte, 2 EL Olivenöl, 2 EL Zitronensaft, 1/2 TL Senf, 1 Prise Salz, 1 Knoblauchzehe, ¼ Chilischote, ½ Tasse Apfelsaft, ½ Tasse trockener Weißwein, ¼ Tasse kleingeschnittene Zitronenmelisseblätter.

Zubereitung:

Die verschiedenen Gemüse separat in Salzwasser kochen bis sie weich, aber immer noch bissfest sind. Das abgetropfte Gemüse in gleichmäßigen Stücken zerkleinern und in eine Schüssel geben.
Die sehr reifen Kakis waschen, den Blütenansatz entfernen, das Fruchtfleisch aus der Schale herausholen oder die Früchte schälen. Die Hälfte des Fruchtfleisches in kleine Würfel schneiden und beiseite stellen. Das restliche Fruchtfleisch in ein hohes Pürier-Gefäß geben, Olivenöl, Zitronensaft, Senf, Salz, Knoblauchzehe und Chilischote zufügen und fein mit einem Pürierstab verrühren. Apfelsaft, Weißwein, gewürfeltes Kaki Fruchtfleisch und Zitronenmelisse in die Mischung geben und mit einem Löffel rühren bis eine gleichmäßige Vinaigrette entsteht.
Die Vinaigrette über das warme Gemüse verteilen und gut durchmischen.

Tipp:

Servieren Sie diesen Salat zu Fischgerichten oder zu kurzgebratenem Fleisch.

P.S.: Kaki wird auf griechisch Lotos genannt.

Edit Engelmann

›DIE DREI ZITRONEN‹

Wenn Rotkäppchen mit Cinderella durch den dunklen Wald streift, wo der Wolf die Geißlein drangsaliert.. das sind Märchen, gewöhnlich ungewöhnliche Prosaerzählungen. Keiner weiß, woher sie kommen, aber sie sind schon lange von Generation zu Generation erzählt worden. Zumeist waren sie frei erfunden, spielten an nicht vorhandenen Orten zu einer nichtvorhandenen Zeit und sollten Kindern entweder Angst einjagen, damit sie pünktlich zu Bette gehen oder ihnen eine Moral nahe bringen – für's spätere Leben sozusagen. Sicherlich gab es auch noch andere Gründe, die sich mir nicht so völlig erschließen.

Von Griechenland kennen wir meistens die alten Geschichten um Zeus und Apollon, Athene und Aphrodite. Märchen haben jedoch nie denselben Bekanntheitsgrad erreicht. Saßen doch schon die VIPs auf dem Olymp und ließen sich bewundern.

Viel wird gesagt, was Märchen seien und woher sie kämen und warum es sie überhaupt gäbe. Heutzutage gibt es Forscher und Künstler, die sie rezitieren, modernisieren, parodieren, formatieren, charakterisieren und strukturieren. Analyse oder Paralyse? Bei all dem ...ieren wird nämlich vergessen, sie auch weiterhin einfach mal so zu erzählen.

Und deshalb hole ich das jetzt mal nach und erzähl' Euch ein griechisches. Da wir ja hier auf einer Zitronenfarm sitzen, wär' doch vielleicht dieses ganz schön:

Wie immer spielt auch dies zu einer gewissen Zeit, als eines Tages ein Königssohn durch Wälder und Berge schweifte auf der Jagd, was ja eines der liebsten Hobbys von Königen war. Da sah er auf einmal einen Garten, in dem ein Zitronenbaum stand, an dem drei goldene Zitronen hingen.

Leider lagen um diesen Baum so viele brüllende Tiere drumherum, dass sich unser Held nicht hineintraute.

Da begegnete dem Frustrierten auf dem Rückweg ein Mönch, der - wie sich im Gespräch herausstellte - der Gärtner dieses Gartens war. Und er erzählte dem Königssohn, wie dieser es denn anstellen müsse, um doch noch an die Zitronen zu kommen. Ein schöner Gärtner ist das, der dem verhinderten Diebe beim Klauen hilft, auch wenn's ein Prinz ist.

Also machte unser Königssohn es so, wie es ihm der Mönch gesagt hatte, und wie es auch heute noch Einbrecher mit bissigen Hofhunden machen. Er fütterte sie mit Fleisch. Und siehe da, so abgelenkt konnte er die Zitronen klauen.

Er war schon eine Weile wieder unterwegs mit den Zitronen in der Tasche. Es war warm, die Sonne brannte vom Himmel und unser Held war durstig. Weit und breit kein Wasser. Hach! – dachte der sich. Da waren doch noch die Zitronen.

Gesagt getan. Er schnitt die Zitronen an, um sie auszulutschen. Aber bevor er dazu kam, sprang eine wunderschöne Dame aus der Schale. Jungfrau nehmen wir mal an, denn sie war ja vorher noch nicht aus der Schale draußen gewesen. Diese bat ihn um ein bisschen Wasser, was er aber nicht hatte. Darauf sank die Dame dahin und verschied. Dehydriert, würde ich sagen.

Unser Prinz war darüber so betrübt, daß er für kurze Zeit seinen Durst vergaß und die Reise wieder aufnahm. Allerdings war der Durst penetrant und ließ ihn nicht in Ruhe seines Weges ziehen. Nach einer Weile hat er dann doch die zweite Zitrone angeschnitten. Rein statistisch hätte ja so kurz nach dem ersten Mal nicht schon wieder etwas passieren dürfen. Tat es aber! – Wie beim ersten Mal. Wasser? – Nee! – Tot.

Jetzt war's dem Prinzen klar. Die Zitronen sind eine Serienproduktion. Und bevor er auch die dritte Jungfrau an das Schicksal verlor, hat er erst einmal eine Quelle gesucht. Diese war unter einem Maulbeerbaum. Er schnitt. Die Jungfrau erschien– noch schöner als die beiden ersten natürlich, sonst wäre es ja kein Märchen. Er gab ihr Wasser.

Sie strahlte ihn an. Mein Held und so ... patsch! Da hatte Amor seinen Pfeil richtig gesetzt und er war in sie verschossen. Verliebt, verlobt, verheiratet.

Aber nicht so schnell. Die Jungfrau wollte es schon langsam angehen lassen. Er solle erst einmal mit seinen Eltern sprechen. Sie wolle so lange im Maulbeerbaum sitzen und auf ihn warten. Dann könne er sie abholen. Aber er solle sich nicht von seiner Mutter küssen lassen, sonst würde er sie vergessen. Tränen, Küsse, Liebesschwüre. Der Jüngling machte sich auf den Weg nach Hause und die Dame harrte im Baume.

Kaum war er weg, wurde die Jungfrau im Baum entdeckt. Zuerst von einer Mohrin, dann von ihrer Herrin, der Lamnissa selbst, und nach nicht allzuvielem Hin und Her hat die Lamnissa die arme Jungfrau schlichtweg verspeist. Nur ein Knöchelchen blieb übrig, was unbemerkt ins Wasser fiel und sich dort in einen Goldfisch verwandelte. Und nun setzte sich die Lamnissa selbst in den Baum und wartete auf den Prinzen – denn Prinzessin schien ihr doch ein aussichtsreicher Beruf mit Zukunft.

Der Königssohn unterdessen hatte sein heimatliches Schloss erreicht und wollte da die entsprechenden Vorbereitungen treffen. Er war sowieso in dem Alter, wo er sich von Mama nicht mehr so gerne küssen ließ und nach der Warnung der Zitronenjungfrau schon gleich gar nicht. – Aber so sind sie, die Mütter. Wenn's nicht mehr geduldet wird, schleichen sie sich nachts ins Zimmer des Sprösslings mit der Ausrede eben doch mal gucken zu müssen, und drücken dem nunmehr Wehrlosen dann einen Schmatzer auf die Backe. So, auch hier. Und der Jüngling vergaß... und wandte sich wieder dem Lieblingshobby eines unverliebten Königssohnes zu, dem Jagen.

Auf seinen Jagdtouren kam er eines Tages auch an dem Maulbeerbaum vorbei, und wie eine reife Frucht sprang ihm die Lamnissa in die Arme. Als die einmal merkte, dass der Arme keine Ahnung mehr hatte, las sie ihm kräftig die Leviten, dass er seine Verlobte so lange auf dem Baum hatte sitzen lassen. Ganz zerknirscht hat der Jüngling sie erst auf die Arme und dann auf sein Pferd geladen und Richtung Schloss transportiert. Beim Losreiten fiel ihm noch das Goldfischlein im Brunnen auf – das hat er dann aus dem Impuls heraus auch noch mitgenommen.

Schon kurz nach der Hochzeit fiel ihm auf, daß der Goldfisch der bessere Fang gewesen war. Stundenlang saß er vor dem Aquarium und guckte dem Fischlein zu, das im Wasser seine Kreise zog – bis die ihm nunmehr Angetraute ärgerlich ob der Ignoranz ihrer Person wurde und sich das Fischlein als Abendessen servieren liess. Die Gräten wurden im Garten entsorgt.

Und aus diesen Gräten erwuchs ein wunderschöner Rosenstrauch. Das sind die Wunder der Märchen. Da fragt man nicht lange. Das war einfach so, dass aus Gräten Rosenbäume wachsen. Und eine alte Wäscherin, die eine Rose pflücken wollte, bekam beinahe einen Herzinfarkt, als beim Schneiden der Rose plötzlich ein wunderschönes Mädchen auf den Rasen sprang.

Sie wäre eine verwunschene Prinzessin gewesen und in eine Zitrone verwandelt worden, bis ein Prinz sie erlöst hätte – naja, das Übliche eben, was man so in der Märchenzeitung beim Märchenfriseur alles liest. Und sie erzählte ihr, wie sie verspeist und via Goldfisch, Gräte, Rosenstrauch jetzt hier gelandet sei.

So legten sie denn den Verlobungsring des Mädchens ins Körbchen und die Wäscherin brachte das Körbchen mit Rosen zum Königssohn, der den Ring natürlich sofort erkannte und daraufhin die königliche Hilfskraft zur Rede stellen wollte. Und in der Kemenate der Wäscherin trafen sie sich dann wieder – der vergessliche Königssohn und seine Zitronenlady.

Das war eine Freude. Erstmal Küsschen und so und alles wird gut. Dann aber erwachten die Rachegelüste. So ein Biest, diese Lamnissa. Na warte!

Listig fragte der Prinz seine Angetraute beim abendlichen Mahle, was man denn wohl mit einer Frau machen solle, die eine andere Frau heimtückisch aufgefressen habe. Mit vollem Munde an ihrem Hühnerschenkel kauend antwortete die Dame, dass Vierteilen wohl angebracht sei.

Und so geschah es. Sie wurde geviertelt. Wahrscheinlich hat sie ganz furchtbar lamentiert, als ihr auffiel, dass sie sich selbst ihr Urteil gesprochen hatte. Der Prinz heiratete die Zitronenjungfer, beide wurden König und Königin und regierten ihr Reich hinfort in Liebe und Frieden. Und wenn sie nicht gestorben sind, dann machen sie das noch heute.

 ›ZITRONEN-SPINAT-SUPPE‹

Zutaten:

1L Gemüsebrühe, 500 g Blattspinat, 1 gewürfelte Zwiebel, 2 kleingeschnittene Knoblauchzehen, 1 Tasse Weißwein, 1 TL abgeriebene Zitronenschale, 2 EL Zitronensaft, Salz, frischgemahlener schwarzer Pfeffer, 5 EL Olivenöl.

Zubereitung:

In einem Topf das Olivenöl heiß machen, Zwiebeln und Knoblauch darin anbraten und mit dem Weißwein ablöschen. Die Gemüsebrühe hinzufügen und aufkochen lassen. Den gewaschenen und abgetropften Blattspinat hinzufügen und bei niedriger Hitze köcheln lassen, bis die Spinatstiele weich sind. Einige Blätter entfernen, kleinschneiden und zur Seite stellen. Mit dem Pürierstab die Suppe zu einer cremigen Konsistenz rühren- Zitronenschale und Zitronensaft dazugeben, mit Pfeffer und Salz würzen und die kleingeschnittenen Spinatblätter wieder in die Suppe geben.

Tipp:

Servieren Sie die Suppe mit Croutons und gerösteten Pinienkernen.

›ZITRONEN-NUDELN MIT PETERSILIE‹

Zutaten:

500 g Tagliatelle oder Bandnudeln, Saft von 3 ausgepressten Zitronen, 1 Bund Petersilie, 1 Knoblauchzehe, ½ Tasse Olivenöl, 1 TL Meersalz, frischgemahlener schwarzer Pfeffer, Hartkäse zum drüberstreuen.

Zubereitung:

Die Nudeln »al-dente« kochen, abtropfen lassen, wieder in den Topf geben und warm stellen. In der Zwischenzeit in ein hohes Pürier-Gefäß Zitronensaft, Petersilie, Knoblauchzehe, Olivenöl, Meersalz und Pfeffer geben, und zu einer Sauce mixen. Die Zitronensauce über die heißen Nudeln geben und gut umrühren. Dazu serviert man den geriebenen Hartkäse.

›ZITRONEN-BASILIKUM-EIS‹

Zutaten:

1 Tasse kleingehackte Basilikumblätter, 60 g Kristallzucker, 5 cl Weißwein, 3 cl Zitronensaft, 1 abgeriebene Zitronenschale.

Zubereitung:

Basilikum, Wein und Zucker in einem Topf bei mäßiger Temperatur erhitzen, bis der Zucker gelöscht ist. Das Basilikum herausfiltern, die Flüssigkeit ein Gefriergefäß geben und auf Zimmertemperatur abkühlen lassen. Zitronensaft und die Zitronenschale hinzufügen und in den Gefrierschrank stellen. Während des Gefrierens ab und zu umrühren, bis alles gut durchgefroren ist. Vor dem Servieren das Eis mit Basilikum- oder Minzlikör übergießen ,und dekorieren Sie es mit Schokoladenblättern.

 ›BASILIKUMLIKÖR‹

Zutaten:

1 L Tsipouro oder Grappa, 3 Bund Basilikum, 300 g Zucker, 1 Stück Zitronenschale, 1 großes Glasgefäß mit Verschluss (z.B. Einmachglas)

Zubereitung:

Basilikum abspülen, abtrocken und alle Zutaten in ein hohes Glasgefäß geben, Öffnung gut verschließen und für ca. 20 bis 30 Tage auf eine sonnengeflutete Fensterbank stellen. Ab und zu den Inhalt durchschütteln, damit sich der Zucker auflösen kann. Danach den fertigen Likör durch eine Filtertüte oder ein Filtertuch in Glasflaschen abfüllen. Likörflaschen gut verschließen und in einem dunklen Raum aufbewahren. Servieren Sie den Likör auf Eiswürfeln oder pur.

Stefano Polis

LEIDENSCHAFT

Ich erinnere mich an die Düfte, die aus der Küche meiner Tante durch das offene Fenster hinausdrangen, um mich schon auf der Straße zu verwöhnen. Sehr oft gab es auch mitten in der Woche Geschnetzeltes in Rotwein und mit viel Oregano. Wenn sich die Pfanne endlich in der Mitte des Tisches befand, schwiegen alle. Es wurde Brot gereicht und die dazugehörigen Beilagen. Anschließend wurde gebetet – darauf legte meine Tante großen Wert –, um es uns dann schmecken zu lassen. Die Augen meiner Tante leuchteten und ein knappes Lächeln zeichnete sich in ihrem Gesicht ab, wenn mein Onkel zum Schluss mit einem Stück Brotkruste die Pfanne auswischte.

»Das Brot ist nicht ganz frisch, aber morgen backe ich neues«, sagte an jenem Abend Tante Lina.

»Dein Brot ist immer gut«, antwortete mein Onkel lakonisch.

Er sprach nicht viel, mein Onkel Kostas, aber was er sagte, hatte Hand und Fuß, und charmant kann man auch mit wenigen Worten sein. Das verrieten seine zufälligen Blicke, die liebevoll seine Frau trafen.

Der nächste Tag war Freitag, und freitags buk Tante Lina stets neues Brot und dazu die kleinen Schafskäsetaschen, die ich so sehr liebte. Sie buk sie genauso gut wie meine Mutter, denn sie hatten beide die gleiche Lehrerin gehabt, und die verstand ihr Handwerk. Meine Großmutter Koula, die Mutter der beiden, war eine Expertin in Sachen Haushalt und Kochkunst. Sie war die Sauberkeit in Person und ihre Rezepte waren unnachahmlich. Einen Tipp gab sie gelegentlich jedem, der danach fragte, aber nur ihren Töchtern vertraute sie alle ihre Köstlichkeiten an und die damit verbundenen Geheimnisse. Einmal fragte sie jemand, wie sie die gefüllten Blätterteigtörtchen mache, die mit der Kürbisfüllung. Sie überlegte nicht lange. »So wie alle anderen sie machen, so mache ich sie«, sagte sie.

Doch der so kurz Abgespeiste ließ nicht locker und fragte erneut, warum ihre denn so lecker seien. Darauf kannte sie nur eine Antwort: »Es gibt immer nur ein Rezept und das heißt Leidenschaft.«

Zutaten:

1 kg Weizenmehl, 20 g frische Hefe, 1 TL Salz, 1 EL Olivenöl, ca. 200 ml warmes Wasser

Zubereitung:

In einer Schüssel Wasser, Hefe, Salz und Olivenöl verrühren, langsam etwas Mehl dazugeben, ständig mit der Hand umrühren und so viel Mehl hinzufügen bis eine nicht zu feste Masse entsteht. Mit beiden Händen nun den Teig durchkneten, wenn nötig Mehl dazu geben, bis eine geschmeidige Konsistenz erreicht wird. Der Teig sollte nicht mehr kleben.

Die Schüssel mit einem Tuch bedecken und dnb Teig an einem warmen Ort ca. ½ Stunde gehen lassen. Backofen auf 180°C vorheizen.

Den Teig nochmals kurz durchkneten und auf einer bemehlten Arbeitsfläche zu einem Laib formen. Auf ein mit Backpapier ausgelegtes Backblech legen.

Die Oberfläche mit einem scharfen Messer 2-3 mal ritzen, wieder mit einem Tuch bedecken und nochmals ca. ½ Stunde gehen lassen.

Auf dem Blech der mittleren Schiene ungefähr 1 Stunde backen. Sie können die Krustenbildung verstärken, wenn sie den Laib während des Backens ab und zu mit Wasser bepinseln.

Nach dem Backen den Brotlaib abkühlen lassen. Wenn Sie das Blech mit dem fertig gebackenen Laib mit einem Tuch und einer Plastiktüte bedecken, dann schwitzt das Brot und die Oberfläche (Kruste) wird weich.

Herzlichen Dank, dass Sie unserer Einladung gefolgt sind! Wahrscheinlich werden Sie noch nicht alle Gerichte dieses Buches haben nachkochen können, aber das macht nichts. Denn: Sie haben noch viel Zeit. Eine richtige griechische Freundschaft ist eben viel mehr als nur *ein* Symposium. Sie ist nachhaltig, reich und fruchtbar. Und wen die griechische Leidenschaft erst einmal gepackt hat, der kommt nicht so schnell von ihr los. Wir wollten den Stoff dafür liefern, diese Begeisterung zu füttern. Damit Sie sich auch abseits von Griechenland hellenisch-heimisch fühlen.

Mit dem vorliegenden Werk ist uns hoffentlich ein schmackhafter Einstieg gelungen, der Lust auf mehr Griechenland und Appetit auf weitere köstliche literarisch-kulinarische Genüsse macht.

Und vielleicht wird unsere neue Serie »Griechische Einladung« unserer Reihe »Gastronomia« ja auch Ihre Lieblingsspeise, ja ihre Lieblingslektüre!

Wir laden Sie herzlich ein, daran mitzuwirken. Schicken Sie uns Anregungen, Ideen, Rezepte und ihre besten griechischen Geschichten zum nächsten Symposion. Wenn es dann heißt: »Griechische Einladung, die Zweite«.

Bis dahin wünschen die Autoren des Größenwahn Verlags alle Leserinnen und Lesern: *Kali Orexi*!

Andreas Deffner, Januar 2013

Seite: 9-10   Monika Schmidt ›JÁMAS – ZUM WOHL‹ Aus dem Buch: ›Das verlockende Blau – Eine Deutsche in Griechenland‹ S. 7-8
© Vlg. Größenwahn / Februar 2013 / ISBN: 978-3-94-2223-21-8

Seite: 12-15   Caritas Führer ›BÁMIES – OKRASCHOTEN‹ (Auszug) Aus dem Buch: ›Xenos in Griechenland – Erzählungen deutschsprachiger Immigranten‹ S. 12-15
© Vlg. Größenwahn / Oktober 2012/ ISBN: 978-3-94-2223-06-5

Seite: 17-20   Brigitte Münch ›EIN BISSCHEN ODYSSIEREN‹ (Auszug) Aus dem Buch ›Die Blaue Tür – Ägäische Geschichten‹ S. 32-36
© Vlg. Größenwahn / Februar 2011 / ISBN: 978-3-94-2223-03-4

Seite: 23-25   Edit Engelmann ›ARTI-SCHOCK‹ Aus dem Buch: ›Zitronen aus Hellas – Geschichten und Rezepte von einer die auszog, um griechisch zu leben‹ S. 117-120 © Vlg. Größenwahn / Oktober 2011 / ISBN: 978-3-94-2223-09-6

Seite: 27-30   Katerina Metallinou-Kiess ›KORFIOTISCHE NATUR‹ (Auszug) Aus dem Buch: ›Daheim im Nirgendwo – Ein europäischer Lebensweg‹ S. 29-33
© Vlg. Größenwahn / Oktober 2011 / ISBN: 978-3-94-2223-05-8

Seite: 32-38   Andreas Deffner ›ÄGÄISCHER FISCHFANG‹ (Auszug) Aus dem Buch: ›Filotimo! –Abenteuer, Alltag und Krise in Griechenland‹ S. 30-37
© Vlg. Größenwahn / August 2012 / ISBN: 978-3-94-2223-15-7

Seite: 40-50   Sevastos P. Sampsounis ›HIER KOMMST DU NICHT DURCH, MARIA ...‹ Aus dem Buch: ›Bewegt – Kurzgeschichten der Gesellschaft der Griechischen AutorInnen in Deutschland e.V.‹ S. 109-120
© Vlg. Größenwahn / Oktober 2010 / ISBN: 978-3-94-2223-02-7

Seite: 57-59   Antonia Pauly ›AN ALKYONE DENKEN‹ (Auszug) Aus dem Buch: ›Himmelfahrt – Kommissarin Mylona ermittelt auf Zakynthos‹ S. 36-38
© Vlg. Größenwahn / Oktober 2012 / ISBN: 978-3-94-2223-18-8

Seite: 62-78   Brigitte Münch ›TAGEBUCH DES LOTOPHAGEN‹ Aus dem Buch: ›Geschenk vom Olymp und andere Bescherungen –Neue ägäische Geschichten‹ S. 106-122
© Vlg. Größenwahn / April 2012 / ISBN: 978-3-94-2223-12-6

Seite: 87-88   Stefano Polis ›LEIDENSCHAFT‹ (Auszug) Aus dem Buch: ›Milch in Papier – Kindheit und Jugend zwischen zwei Kulturen‹ S. 25-26
© Vlg. Größenwahn / November 2011 / ISBN: 978-3-94-2223-08-9

QUELLENANGABEN

BIOGRAPHISCHES

Deffner, Andreas

1974 in Gladbeck geboren, hat lange Zeit im Rheinland gelebt und wohnt heute mit seiner Frau und seinen zwei Söhnen in Potsdam. Seine ›Zweite Heimat‹ ist Griechenland. Seit er nach dem Abitur im Jahr 1993 das erste Mal nach Hellas gefahren ist, war er von Land, Leuten und Kultur begeistert. Und so fährt er, wann immer die Zeit es zulässt, »nach Hause«, nach Tolo. In dem kleinen Fischerdorf auf dem Peloponnes fühlt er sich ebenso heimisch wie in Potsdam, Gladbeck oder Berlin. Und Oma Vangelio hat immer gesagt: »Junge, du bist in Toló groß geworden!« Veröffentlichungen: ›Das Kaffeeorakel von Hellas – Abenteuer, Alltag und Krise in Griechenland‹, Vlg. Re Di Roma / Remscheid, 2010; ›Filotimo! – Abenteuer, Alltag und Krise in Griechenland‹, Vlg. Größenwahn / Frankfurt, 2012.

Engelmann, Edit

1957 in der Nähe von Kassel geboren, Marketingstudium in Frankfurt/M, arbeitete in nationalen und internationalen Konzernen, bis sie den Griechen kennen lernte, dem sie nicht widerstehen konnte. Heute lebt sie Athen, wo sie mit ungebrochenem Mut versucht, die Feinheiten der griechischen Sprache zu ergründen. Sie arbeitet in Marketing- und Kommunikationsprojekten, ist Übersetzerin und Mutter. Veröffentlichungen: ›KRISE! KRISE! Schulden am Olymp - Tagebuch eines Frosches‹, Die Eurokrise in Griechenland, Vlg. Größenwahn / Juli 2011; ›Xenos in Griechenland – Erzählungen deutschsprachiger Immigranten‹, Anthologie, mit ihren Beitrag ›Verkehr‹ Vlg. Größenwahn / Oktober 2011; ›Zitronen aus Hellas Geschichten und Rezepte von einer die Auszog um griechisch zu leben‹, Vlg. Größenwahn / Oktober 2011.

Führer, Caritas
1957 in Karl-Marx-Stadt (DDR; jetzt Chemnitz) geboren, erlernte den Beruf Porzellangestalterin in Meißen, arbeitete als Briefträgerin und baute anschließend ein Straßenkinderprojekt auf. Nach dem Studium am Leipziger Literaturinstitut arbeitete sie als Dozentin an einer Theologischen Fachschule. Seit 1998 ist sie freischaffende Autorin, Seminarleiterin und Referentin. Caritas Führer ist verheiratet mit dem evangelisch-lutherischen Theologen Dr. Michael Führer und Mutter von drei Söhnen

Metallinou-Kiess, Katerina
1940 auf Korfu geboren, studierte Physik an der Aristotéleion Universität in Thessaloniki und an der TU Niedersachsen. Sie kam in den frühen sechziger Jahren nach Deutschland, wurde deutsche Beamtin und unterrichtete die Fächer Mathematik und Physik in der Orientierungsstufe und der Sekundarstufe I. In den Stunden der Stille und des Nachdenkens malt sie Portraits und hat mit ihren Werken schon an vielen Ausstellungen teilgenommen. Sie schreibt Gedichte und Geschichten und lebt heute auf Korfu und in Bad Wörishofen/Bayern. Veröffentlichungen: ›Daheim im Nirgendwo – Ein europäischer Lebensweg‹ Vlg. Größenwahn / Oktober 2011;

Münch, Brigitte

1947 in Düsseldorf geboren. Nach der Buchhändlerlehre ging sie für ein Jahr nach Thessaloniki. Von 1979-1985 war sie als freie Mitarbeiterin bei Radio Kairo für den Local European Service tätig und kehrte dann endgültig in ihr eigentliches Traumland Griechenland zurück. Sie ließ sich auf der Kykladeninsel Naxos nieder und betrieb dort bis 1993 eine Jazz-Bar. Heute ist sie Übersetzerin und Autorin, und lebt immer noch auf Naxos. Veröffentlichungen: ›Die blaue Tür – Ägäische Geschichten‹, Vlg. Größenwahn / Mai, 2011; ›Xenos in Griechenland – Erzählungen deutschsprachiger Immigranten‹, Anthologie, mit ihren Beitrag ›Heimkehr in die Fremde‹ Vlg. Größenwahn / Oktober 2011; ›Geschenk vom Olymp und andere Bescherungen – Neue Ägäische Geschichten‹, Vlg. Größenwahn / April, 2012.

Pauly, Antonia

studierte Klassische Archäologie, Byzantinistik sowie Vor- und Frühgeschichte in Würzburg und promovierte mit einer Arbeit über Schildkröten in der Antike. Sie arbeitete für das Erzbistum Köln und für das Rheinische Landesmuseum in Bonn. Seit 2000 ist sie als Schriftstellerin, freie Texterin und Journalistin tätig. Veröffentlichungen: ›Zimmer mit Meerblick‹ Episodenroman, A. v. Goethe Vlg., Frankfurt / 2007; ›Der Büttel zu Cöln‹ historischer Roman, Vlg. Emons, Köln / 2008; ›Tod auf dem Mühlenschiff‹ historischer Kriminalroman, Vlg. Emons, Köln / 2009; ›Himmelfahrt‹ Kriminalroman, Vlg. Größenwahn, 2012

Polis, Stefano

1965 in Kozani/Griechenland geboren, ist eines von den vielen sogenannten Kofferkindern der Gastarbeiter in Deutschland. Er verbrachte seine Kindheit zwischen Griechenland und Deutschland und besuchte jeweils dort die Schule. Nach seinem Schulabschluss in Düren und der Ausbildung zum Friseur folgten 1987 die Meisterprüfung und die Eröffnung eines eigenen Friseursalons. Stefano Polis ist seit 1994 verheiratet, hat zwei Kinder und lebt heute in Jülich bei Düren. Er hat schon früh angefangen, Gedichte, Prosa, Kurzgeschichten und Filmdrehbücher zu schreiben. Veröffentlichungen: ›Milch in Papier – Kindheit und Jugend zwischen zwei Kulturen‹, Vlg. Größenwahn / November 2011.

Schmidt, Monika

1963 in Forchheim/Oberfranken geboren, hat eine Ausbildung als Fremdsprachensekretärin beendet. 1987 ging sie als Reiseleiterin auf die Insel Ägina und lebt seitdem in Griechenland. Sie arbeitete über 20 Jahre in gehobener Position bei der Vertretung einer deutschen Firma in Thessaloniki und wohnte sieben Jahre in einem kleinen Dorf in der Präfektur Imathia. Wegen einer schweren Krankheit im Jahr 2008 musste sie ihr Berufsleben und die geliebte Freizeitaktivität – Marathonlaufen – aufgeben. Monika Schmidt hat zwei Kinder und wohnt in Thessaloniki. Veröffentlichungen: ›Das verlockende Blau – Eine Deutsche in Griechenland‹, Vlg. Größenwahn / Februar 2013.

Sampsounis, Sevastos P.
1966 in Darmstadt in einer griechischen Gastarbei-
terfamilie aus Thrakien geboren, reiste als ›Koffer-
kind‹ zwischen Deutschland und Griechenland.
Heute lebt er in Frankfurt, ist Inhaber des Größen-
wahn-Verlags Frankfurt am Main, Mitinhaber des
Café-Größenwahn, Illustrator und Autor. Veröffentlichungen: ›Die Eroberungs-Messe‹ Gedichte,
Vlg. Ploigos / Athen, 1995; ›Die gefährliche Ge-
wohnheit des Fühlens‹ Roman, Vlg. B. Kyriakidis /
Athen 2005; Illustrationen für ›Astropalamidas‹
Märchen der Schriftstellerin Eleni Delidimitriou-
Tsakmaki, Vlg. Dromon / Athen 2009, Herausgeber
der Anthologie ›Bewegt – Εν Κινήση‹, Kurzgeschichten der Gesellschaft der Griechischen Autoren in Deutschland e.V. mit seinem Beitrag ›Hier
kommst du nicht durch, Maria ...‹ Vlg. Größenwahn / Oktober 2010.